Elizabeth Gaskell

Die Graue Frau

ins Deutsche übertragen
von
Christina Neth

Elizabeth Gaskell (1810 – 1865) war eine englische Schriftstellerin der Viktorianischen Ära. Sie schrieb fünf Romane, eine Reihe von Kurzgeschichten und eine Biografie ihrer Freundin Charlotte Brontë. Während sie mit ihren Romanen in erster Linie zur Lösung sozialer Probleme beitragen wollte, dienen einige ihrer Kurzgeschichten hauptsächlich der Unterhaltung des Lesers. In Großbritannien erfreuen sich ihre Werke nach wie vor großer Beliebtheit, und einige davon wurden von der BBC verfilmt.

Christina Neth ist eine Übersetzerin mit Zusatzausbildung im Multimediabereich. Von Elizabeth Gaskell übersetzte sie bisher die Romane »North and South« (»Norden und Süden«) und »Ruth« sowie die Kurzgeschichte »Six Weeks at Heppenheim« (»Sechs Wochen in Heppenheim«) ins Deutsche. Ihr erstes selbst verfasstes Buch erschien unter dem Titel »Öl im Getriebe – Basiswissen für Führungskräfte« ebenfalls bei Books on Demand.

Elizabeth Gaskell

Die Graue Frau

ins Deutsche übertragen
von
Christina Neth

Bibliografische Information der Deutschen Nationalbibliothek:
Die Deutsche Nationalbibliothek verzeichnet diese Publikation
in der Deutschen Nationalbibliografie; detaillierte bibliografische Daten sind im Internet über http://dnb.dnb.de abrufbar.

Titel der Originalausgabe: »The Grey Woman« (1861)

1. Auflage 2018
© der deutschsprachigen Ausgabe: 2018 Christina Neth

Umschlagfoto und -gestaltung: Christina Neth

Herstellung und Verlag: BoD – Books on Demand, Norderstedt

ISBN: 978-3-7481-0166-6

Inhaltsverzeichnis

Vorwort

Liebe Leserin, lieber Leser,

Sie halten meine Übersetzung von Elizabeth Gaskells Schauergeschichte »The Grey Woman« in Händen. Das Genre der »Gothic Novel« erfreute sich im viktorianischen England großer Beliebtheit. Dass sich auch Gaskell daran versuchte, belegt die Tatsache, dass diese Autorin nicht nur schrieb, um Gesellschaftskritik zu üben, sondern dass sie durchaus schriftstellerisch ambitioniert war.

Nun spielt diese Erzählung aber nicht in Manchester oder London, sondern in Deutschland und Frankreich. Der Grund dafür liegt in Gaskells ausgesprochener Reiselust und ihrer Begeisterung für fremde Länder und Kulturen. Zudem sind die hier beschriebenen, von wilder Natur geprägten Gegenden sehr gut als Schauplätze einer Handlung geeignet, die den Leser frösteln lassen soll.

Um dieses Buch voll und ganz zu genießen, lesen Sie es am besten nach Einbruch der Dämmerung bei Kerzenschein. Tauchen Sie ein in die Lebensgeschichte der Müllerstochter Anna aus Heidelberg, einer jungen Frau, die gegen ihren Willen in einen Wirbel von Ereignissen hineingezogen wird!

Eine schaurig-schöne Lektüre
wünscht Ihnen

Christina Neth

Die Graue Frau

TEIL I

Am Neckarufer steht eine Mühle, zu der sich viele Leute
begeben, um – gemäß der in fast ganz Deutschland ver-
breiteten Sitte – Kaffee zu trinken. Die Lage dieser Mühle
ist nicht besonders reizvoll; sie befindet sich auf der (ebe-
nen und unromantischen) Mannheimer Seite von Heidelberg. Der Fluss dreht das Mühlrad mit dem Geräusch von
reichlich strömendem Wasser; die Nebengebäude und das
Wohnhaus des Müllers bilden ein gut gepflegtes, staubiges
Viereck. Wiederum weiter vom Fluss entfernt liegt ein
Garten voller Weiden und Lauben und Blumenbeete, die
nicht gut gepflegt sind, aber sehr üppig bewachsen mit
Blumen und dichten Kletterpflanzen, welche die Garten-
lauben miteinander verschlingen und verknüpfen. In jeder
dieser Lauben befindet sich ein feststehender Tisch aus
weiß gestrichenem Holz und leichte, bewegliche Stühle
von derselben Farbe und aus demselben Material.

Ich ging 1841[1] dort hin, um mit einigen Freunden Kaffee zu trinken. Der stattliche, alte Müller kam heraus, um
uns zu begrüßen, da er einige aus unserer Gruppe von
früher her kannte. Er war ein Mann von großer Statur,
und seine laute, melodische Stimme mit ihrem freundlichen und ungezwungenen Klang, sein brausendes Lachen
zur Begrüßung passten gut zu den wachen, leuchtenden
Augen, dem feinen Stoff seines Mantels und dem Eindruck der Wohlhabenheit, den das Anwesen insgesamt
machte. Es wimmelte von allen möglichen Geflügelarten
im Innenhof der Mühle, wo genügend Futter für sie auf
dem Boden verstreut lag; doch damit noch nicht zufrieden, nahm der Müller mehrere Handvoll Getreide aus den
Säcken und warf sie großzügig den Hähnen und Hennen
hin, die ihm in ihrer Gier fast unter die Füße liefen. Und

während er das – gleichsam gewohnheitsmäßig – tat, redete er mit uns und rief zwischendurch seiner Tochter und den Dienstmägden die Bitte zu, sie sollten den Kaffee, den wir bestellt hatten, rasch herbeibringen. Er folgte uns zu einer Gartenlaube und sah zu, dass wir zu seiner Zufriedenheit das Beste von allem, was wir uns wünschen konnten, vorgesetzt bekamen; dann verließ er uns, um von einer Laube zur anderen zu gehen und dafür zu sorgen, dass jede Gruppe ordentlich bedient wurde; und auf seinem Weg pfiff dieser große, vermögende, glücklich wirkende Mann leise eine der wehmütigsten Weisen, die ich je gehört habe.

»Seine Familie ist schon seit der alten Zeit der Kurpfalz im Besitz dieser Mühle; oder vielleicht sollte ich eher sagen: besitzt schon seit damals das Anwesen, denn zwei ihrer Mühlen wurden nacheinander von den Franzosen in Schutt und Asche gelegt. Wenn Sie Scherer wütend erleben wollen, sprechen Sie ihn einfach auf die Möglichkeit einer französischen Invasion an.«

Doch in diesem Moment sahen wir den Müller, der immer noch jene schwermütige Weise pfiff, die Stufen hinuntergehen, die von dem etwas erhöht liegenden Garten in den Innenhof der Mühle hinunterführten; und so schien ich meine Chance, ihn wütend zu machen, verloren zu haben.

Wir waren fast fertig mit unserem Kaffee und unserem »Ku-cken«[2] und unserem Zimtgebäck, als große Tropfen auf unser dichtes Blätterdach fielen; immer rascher folgten sie aufeinander und kamen durch die zarten Blätter, als rissen sie sie entzwei; all die Leute im Garten stellten sich eilends irgendwo unter oder suchten ihre Kutschen auf, die draußen standen. Mit einem purpurroten Regenschirm, der groß genug war, um allen im Garten Verbliebenen Schutz zu bieten, kam der Müller die Stufen heraufgeeilt, gefolgt von seiner Tochter und ein oder zwei Mägden, von denen jede einen Schirm trug.

»Kommen Sie ins Haus – kommen Sie hinein, sage ich. Es ist ein Sommergewitter und wird diesen Ort für ein oder zwei Stunden unter Wasser setzen, bis der Fluss es fortträgt. Hier, hier!«

Und wir folgten ihm zu seinem eigenen Haus zurück. Zuerst gingen wir in die Küche. Eine solche Anordnung blankgeputzter Kupfer- und Zinngefäße hatte ich noch nie gesehen; und alle hölzernen Sachen waren genauso gründlich geschrubbt. Der rot gefliste Boden war makellos sauber, als wir hineingingen, doch nach zwei Minuten waren vom Herumlaufen vieler Füße überall Wasser- und Schmutzflecken, denn die Küche war voll, und immer noch brachte der wackere Müller unter seinem großen, tiefroten Regenschirm weitere Leute nach drinnen. Er rief sogar die Hunde herein und hieß sie sich unter die Tische legen.

Seine Tochter sagte etwas auf Deutsch zu ihm, und er schüttelte fröhlich den Kopf. Alle lachten.

»Was hat er gesagt?« fragte ich.

»Sie hat ihm gesagt, er solle als Nächstes die Enten hereinbringen; aber wenn noch mehr Leute kommen, werden wir hier tatsächlich ersticken. Bei diesem schwülen Wetter und dem Herd und all den dampfenden Kleidern glaube ich wirklich, dass wir darum bitten müssen, weitergehen zu dürfen. Vielleicht können wir hineingehen und Frau Scherer einen Besuch abstatten.«

Meine Freundin bat die Tochter des Hauses um die Erlaubnis, ein Zimmer im Innern betreten und ihre Mutter besuchen zu dürfen. Die Erlaubnis wurde erteilt, und wir gingen in eine Art Salon mit Blick auf den Neckar – sehr klein, sehr hell und sehr eng. Der Boden war rutschig von Bohnerwachs; lange, schmale Spiegel an den Wänden reflektierten die ständige Bewegung des gegenüberliegenden Flusses – ein weißer Porzellanofen mit ein paar altmodischen Messingornamenten – ein mit Utrechter Samt bezogenes Sofa, ein Tisch davor und ein gestickter Läufer darunter – eine

Vase mit künstlichen Blumen – und zu guter Letzt ein Alkoven mit einem Bett darin, auf dem die gelähmte Frau des guten Müllers lag und eifrig strickte, bildeten die Einrichtung. Meine Aufzählung klingt, als ob dies alles gewesen wäre, was in dem Zimmer zu sehen war; doch als ich still dasaß, während sich meine Freundin lebhaft in einer Sprache unterhielt, die ich nur halb verstand, fiel mein Blick auf ein Gemälde in einer dunklen Ecke des Raums, und ich stand auf, um es näher zu betrachten.

Es war das Bildnis eines jungen Mädchens von äußerster Schönheit und offenbar mittlerem Rang. Das Gesicht wies eine vornehme Sensibilität auf, als ob die junge Frau beinahe vor dem eindringlichen Blick zurückwiche, den der Maler notwendigerweise auf sie gerichtet haben musste. Es war nicht übermäßig gut gemalt, doch aufgrund dieses starken Eindrucks besonderer Natur, den ich gerade zu beschreiben versucht habe, hatte ich das Gefühl, dass die Porträtierte gut getroffen sein musste. Anhand der Kleidung schätzte ich, dass es in der zweiten Hälfte des vorigen Jahrhunderts gemalt worden war. Und später hörte ich, dass ich damit richtig lag.

Es entstand eine kleine Pause in der Unterhaltung.

»Würdest du Frau Scherer fragen, wer das ist?«

Meine Freundin wiederholte die Frage auf Deutsch und erhielt eine lange Antwort. Dann drehte sie sich zu mir um und übersetzte sie mir.

»Es ist das Bildnis einer Großtante ihres Ehemanns.« (Meine Freundin stand neben mir und besah sich das Bild mit teilnahmsvoller Neugier.) »Schau! Hier steht der Name auf der aufgeschlagenen Seite dieser Bibel: ›Anna Scherer, 1778‹. Frau Scherer sagt, in der Familie sei die Geschichte überliefert, dass dieses hübsche Mädchen mit seinem an Rosen und Lilien erinnernden Teint seine Farbe durch Furcht so vollständig verloren habe, dass es unter dem Namen ›die Graue Frau‹ bekannt geworden sei.

Sie spricht davon, dass diese Anna Scherer in einem Zustand lebenslanger Todesangst gelebt habe. Aber sie kennt keine Details und verweist mich diesbezüglich an ihren Mann. Sie glaubt, er besitze einige Schriftstücke, die das Original dieses Gemäldes für seine Tochter aufzeichnete, welche in eben diesem Haus starb, nicht lange, nachdem unsere Freundin hier heiratete. Wir können Herrn Scherer nach der ganzen Geschichte fragen, wenn du möchtest.«

»Oh ja, bitte tu das!« sagte ich. Und da unser Gastgeber in diesem Moment hereinkam, um sich nach unserem Befinden zu erkundigen und um uns mitzuteilen, dass er aus Heidelberg Kutschen kommen lasse, die uns heimbringen sollten, weil er keine Hoffnung auf ein Nachlassen des Regens habe, ging meine Freundin, nachdem sie sich bei ihm bedankt hatte, zu meiner Bitte über.

»Ah!« sagte er, wobei sich sein Gesichtsausdruck veränderte. »Die Tante Anna hatte eine traurige Lebensgeschichte. Und alles nur wegen eines dieser verwünschten Franzosen; und ihre Tochter hatte darunter zu leiden – Cousine Ursula, wie wir alle sie nannten, als ich ein Kind war. Natürlich war die gute Cousine Ursula ebenso *sein* Kind. Die Kinder werden von den Sünden ihrer Väter heimgesucht. Die Dame wüsste gern alles darüber, nicht wahr? Tja, es existiert ein Schriftstück – eine Art Entschuldigung, die Tante Anna für die Auflösung des Verlöbnisses ihrer Tochter verfasste – oder eher Tatsachen, die sie enthüllte und die Cousine Ursula davon abhielten, den Mann, den sie liebte, zu heiraten; und so wollte sie nie irgendeinen anderen guten Burschen haben, sonst – so habe ich sagen hören – wäre mein Vater dankbar dafür gewesen, sie zur Frau nehmen zu können.« Die ganze Zeit über suchte er etwas in der Schublade eines altmodischen Sekretärs, und jetzt drehte er sich zu uns um, in der Hand ein Bündel vergilbter, von Hand beschriebener Papiere, die er meiner

Freundin mit den Worten überreichte: »Nehmen Sie sie ruhig mit nach Hause, und wenn Ihnen daran gelegen ist, unsere unleserliche deutsche Schrift zu entziffern, können Sie sie behalten, solange Sie möchten, und sie in aller Ruhe lesen. Ich muss sie nur wiederhaben, wenn Sie mit ihnen fertig sind – das ist alles.«

Und so gelangten wir in den Besitz des folgenden handgeschriebenen Briefs, den zu übersetzen und an einigen Stellen zu kürzen unsere Beschäftigung an so manchem langen Abend im darauffolgenden Winter wurde. Am Anfang bezog sich der Brief auf den Schmerz, den sie ihrer Tochter bereits zugefügt hatte, indem sie sich ohne eine Erklärung ihren Heiratsplänen entgegengestellt hatte; aber ich bezweifle, dass wir ohne den Hinweis, den uns der gute Müller gegeben hatte, auch nur dies aus den leidenschaftlichen, gebrochenen Sätzen hätten herauslesen können, die uns zu der Vorstellung brachten, dass sich eine Szene zwischen der Mutter und der Tochter – und möglicherweise einer dritten Person – zugetragen hatte, kurz bevor die Mutter angefangen hatte zu schreiben.

*****

»Du liebst deine Tochter nicht, Mutter! Es ist dir gleich, ob ihr das Herz bricht!« Oh, Gott! Das sind die Worte meiner innig geliebten Ursula, die mir in den Ohren klingen, als würde mir ihr Klang noch die Ohren füllen, wenn ich im Sterben liege. Und ihr armes verweintes Gesicht steht zwischen mir und dem Rest der Welt. Mein Kind! Herzen brechen nicht. Das Leben ist sehr hart und auch recht schrecklich. Aber ich werde nicht für Dich entscheiden. Ich werde Dir alles erzählen; und Du sollst die Last der Entscheidung tragen. Ich mag mich irren; von meinem Verstand ist nicht viel übrig, und ich hatte nie viel davon, glaube ich; aber ein Instinkt dient mir anstelle eines Urteilsvermögens, und dieser Instinkt sagt mir, dass Du und Dein Henri nie heiraten dürft. Doch ich mag falsch liegen. Ich würde mein Kind gern glücklich machen. Lege diesen Brief dem guten Pfarrer von Schriesheim vor, falls Du nach dem Durchlesen Zweifel hast, die Dich unsicher machen. Aber ich werde Dir jetzt alles erzählen unter der Bedingung, dass zwischen uns nie ein Wort über das Thema fallen wird. Es würde mich umbringen, wenn ich dazu befragt werden würde. Es würde mir zwangsläufig alles wieder vor Augen führen.

Mein Vater besaß, wie Du weißt, die Mühle am Neckar, in der Dein vor Kurzem gefundener Oheim, Onkel Scherer, jetzt lebt. Du erinnerst Dich an die Überraschung, mit der wir dort ein Jahr vor der letzten Weinlese empfangen wurden. Daran, wie Dein Onkel mir nicht glaubte, als ich sagte, ich sei seine Schwester Anna, die er lange für tot gehalten hatte, und wie ich Dich unter das Bild führen musste, das vor langer Zeit von mir gemalt worden war, und ich für jeden einzelnen Gesichtszug die Ähnlichkeit zwischen dem Gemälde und Dir aufzeigen musste; und wie ich, während ich redete, die Einzelheiten aus der Zeit, zu der es angefertigt worden war, zuerst mir und dann mit Worten ihm ins Gedächtnis rief: die fröhlichen Gespräche, die wir – ein glücklicher Junge und ein glückliches Mädchen – damals führten; die Anordnung der Möbel im Zimmer; die Gewohnheiten unseres Vaters; den inzwischen gefällten Kirschbaum, dessen Schatten auf mein Schlafzimmerfenster fiel, durch welches sich mein Bruder immer wieder einmal zwängte, um auf den höchsten Ast zu springen, der sein Gewicht trug, und mir von dort aus seine mit Früchten beladene Mütze zur Fensterbank zurück zu reichen, auf der ich saß, zu krank vor Angst um ihn, um mir viel aus dem Kirschenessen zu machen.

Und schließlich gab Fritz nach und glaubte mir, dass ich seine Schwester Anna sei, wie wenn ich von den Toten auferstanden wäre. Und Du erinnerst Dich daran, wie er seine Frau hereinholte und ihr sagte, dass ich nicht tot sei, sondern noch einmal zu meinem alten Zuhause zurückgekehrt sei, so sehr ich mich auch verändert hätte. Und sie glaubte ihm kaum und musterte mich mit einem kalten, misstrauischen Blick, bis ich schließlich – denn ich kannte sie von früher als Babette Müller – sagte, dass ich wohlhabend sei und mich nicht an Freunde wenden müsse, um etwas von ihnen zu bekommen. Und dann fragte sie – nicht mich, sondern ihren Mann – warum ich so lange nichts von mir habe hören lassen und alle – Vater, Bruder, jeden, der mich in meinem eigenen trauten Heim liebte – in dem Glauben gelassen hätte, dass ich tot sei. Und dann sagte Dein Onkel (erinnerst Du Dich?), dass er nicht *mehr* erfahren wolle, als ich erzählen wolle – dass ich seine Anna sei, die er wiedergefunden habe, um in seinen alten Tagen ein Segen für ihn zu sein, wie ich es in seinen Kindertagen gewesen war. Ich dankte ihm im Stillen für sein Vertrauen; denn wäre die Notwendigkeit, alles zu erzählen, nicht so groß, wie sie mir jetzt erscheint, könnte ich nicht über meine Vergangenheit sprechen. Doch sie, die immer noch meine Schwägerin war, hieß mich nicht wirklich willkommen, und aus diesem Grund ließ ich mich nicht wie zuvor geplant in Heidelberg nieder, um in der Nähe meines Bruders Fritz zu sein, sondern begnügte mich mit seinem Versprechen, meiner Ursula ein Vater zu sein, wenn ich sterben und diese Welt voller Mühsal verlassen sollte.

Ich könnte fast behaupten, diese Babette Müller sei die Ursache alles Leidens in meinem Leben gewesen. Sie war die Tochter eines Heidelberger Bäckers – eine große Schönheit, wie die Leute sagten und wie ich zugegebenermaßen selbst sehen konnte. Auch ich – Du hast mein Bild gesehen – galt als Schönheit, und ich glaube, ich war eine. Babette Müller betrachtete mich als Rivalin. Sie ließ sich

16

gern bewundern und hatte nicht viele, die sie liebten. Ich hatte einige, die mich liebten: Deinen Großvater, Fritz, die alte Magd namens Käthchen, Karl, den obersten Lehrling in der Mühle – und ich fürchtete die Bewunderung und Beachtung und das Angestarrtwerden als die »Schöne Müllerin«, wann immer ich in Heidelberg einkaufen ging.

Jene Tage waren von Glück und Frieden erfüllt. Ich hatte Käthchen, die mir im Haushalt half, und alles, was wir taten, gefiel meinem wackeren, alten Vater, der mit uns Frauen immer nachsichtig und liebenswürdig war, obwohl er mit den Lehrlingen in der Mühle recht streng war. Karl, der älteste von ihnen, war sein Liebling; und ich verstehe jetzt, dass mein Vater sich wünschte, Karl möge mich heiraten, und dass dieser selbst den Wunsch hegte. Doch Karl war ungehobelt und hitzköpfig – nicht zu mir, aber zu den anderen – und ich wich vor ihm in einer Weise zurück, die ihm – wie ich fürchte – wehtat. Und dann kam die Vermählung Deines Onkels Fritz; und Babette wurde zur Mühle gebracht, um deren Herrin zu sein. Nicht, dass es mir viel ausgemacht hätte, meine Position aufzugeben, denn trotz der großen Güte meines Vaters hatte ich immer Angst, dass ich nicht gut für eine so große Familie sorgte (zusammen mit den Arbeitern und einer Magd unter Käthchen saßen wir jeden Abend zu elft beim Essen). Aber als Babette anfing, an Käthchen herumzumäkeln, war ich traurig über die Vorwürfe, die eine treue Bedienstete trafen; und bald darauf begann ich zu sehen, dass Babette Karl dazu anstachelte, mich offener zu umwerben, und es, wie sie einmal sagte, hinter sich zu bringen und mich zu einem eigenen Zuhause mitzunehmen. Mein Vater wurde langsam alt und nahm mein tägliches Unbehagen nicht zur Gänze wahr. Je mehr Avancen Karl mir machte, desto weniger mochte ich ihn. Im Wesentlichen war er ein guter Bursche, aber mir stand nicht der Sinn nach einer Heirat, und ich konnte es nicht ertragen, wenn jemand mit mir darüber sprach.

So lagen die Dinge, als ich eine Einladung nach Karlsruhe bekam, um dort eine Schulkameradin zu besuchen, die ich sehr gern gehabt hatte. Babette war ganz dafür, dass ich hinging; ich glaube nicht, dass ich von zu Hause weggehen wollte, obwohl ich Sophie Rupprecht sehr gemocht hatte. Doch unter Fremden war ich immer schüchtern. Irgendwie wurde die Sache für mich beschlossen, aber erst nachdem sowohl Fritz als auch mein Vater Nachforschungen bezüglich des Rufs und des gesellschaftlichen Ranges der Rupprechts angestellt hatten. Sie erfuhren, dass der Vater eine Art niedere Stellung am Hofe des Großherzogs innegehabt hatte und inzwischen tot war. Er hinterließ eine Witwe – eine Edeldame – und zwei Töchter, wovon die ältere meine Freundin Sophie war. Madame Rupprecht war nicht reich, aber mehr als achtbar – vornehm. Als dies ermittelt war, erhob mein Vater keine Einwände gegen meinen Besuch; Babette tat alles in ihrer Macht Stehende, um ihn voranzutreiben, und sogar mein lieber Fritz befürwortete ihn. Nur Käthchen war gegen ihn – Käthchen und Karl. Karls Widerspruch trug am meisten dazu bei, dass ich nach Karlsruhe ging. Denn ich hätte es ablehnen können, hinzugehen; doch als er meinte, fragen zu müssen, wozu es gut sei, durch die Gegend zu ziehen und Fremde zu besuchen, über die niemand etwas wisse, fügte ich mich in die Umstände – in das Ziehen von Sophie und das Schieben von Babette. Ich erinnere mich, dass ich mich insgeheim über Babettes Begutachtung meiner Kleider ärgerte, über die Art, in der sie bestimmte, dass dieses Kleid zu altmodisch war oder jenes zu schlicht, um mich auf meinem Besuch bei einer adeligen Dame zu begleiten, und über die eigenmächtige Weise, in der sie das Geld ausgab, das mein Vater mir gegeben hatte, um mir für den Anlass das Nötige zu kaufen. Und doch machte ich mir Vorwürfe dafür, denn alle anderen fanden es so gütig von ihr, all dies zu tun; und sie selbst meinte es auch nur gut.

Schließlich verließ ich die Mühle am Neckar. Es war eine lange Tagesreise, und Fritz ging mit mir nach Karlsruhe. Die Rupprechts wohnten im dritten Stock eines Hauses, das ein wenig hinter einer der Hauptstraßen lag, in einem engen Hof, zu dem wir durch ein Tor an der Straße Zutritt erhielten. Ich erinnere mich daran, wie beklemmend ihre Zimmer nach dem großzügig bemessenen Platz wirkten, den wir in der Mühle hatten, und doch hatten sie ein prachtvolles Aussehen, das neu für mich war und das mich erfreute, obschon einiges davon verblichen war. Madame Rupprecht war für mich eine zu förmliche Dame; ich fühlte mich in ihrer Gegenwart nie unbefangen; aber Sophie war in allem so, wie ich sie von der Schule her in Erinnerung hatte: liebenswürdig, herzlich und fast zu sehr dazu bereit, Bewunderung und Hochachtung zum Ausdruck zu bringen. Die kleine Schwester hielt sich von uns fern; und das war alles, was wir anfangs brauchten, um unsere frühe Freundschaft begeistert zu erneuern. Das eine große Ziel im Leben von Madame Rupprecht bestand darin, ihre Position in der Gesellschaft aufrechtzuerhalten; und da sie seit dem Tod ihres Mannes über sehr viel geringere Mittel verfügte, gab es in ihrem Lebensstil nicht viel Komfort, obwohl es viel Prunk gab – genau das Gegenteil der Situation im Haus meines Vaters. Ich glaube, dass sich Madame Rupprecht nicht besonders über meinen Besuch freute, da sie jetzt noch jemanden zu versorgen hatte; aber Sophie hatte ein Jahr oder noch länger immer wieder um die Erlaubnis gebeten, mich einladen zu dürfen, und ihre Mutter war zu gut erzogen, um mir nicht einen herrschaftlichen Empfang zu bereiten, nachdem sie einmal eingewilligt hatte.

Das Leben in Karlsruhe unterschied sich stark von dem zu Hause. Im Tagesablauf spielte sich alles später ab, der Morgenkaffee war schwächer, die Gemüsesuppe dünner, das gekochte Rindfleisch wechselte sich seltener mit anderen

Speisen ab, die Kleider waren feiner, die abendlichen Einladungen nahmen kein Ende. Ich fand diese Besuche nicht angenehm. Wir durften nicht stricken, was der Langeweile ein wenig abgeholfen hätte, sondern wir saßen in einem Kreis, unterhielten uns und wurden nur gelegentlich von einem Herrn unterbrochen, der aus der Gruppe von Männern, die sich in der Nähe der Tür lebhaft im Stehen unterhielten, ausbrach, mit dem Hut unter dem Arm auf Zehenspitzen quer durchs Zimmer schlich, seine Füße in der Stellung zusammenbrachte, die wir in der Tanzschule die erste Position nannten, und sich vor der Dame, die er anzusprechen gedachte, tief verbeugte. Als ich dieses Benehmen zum ersten Mal sah, konnte ich ein Lächeln nicht unterdrücken; aber Madame Rupprecht sah mich und redete am nächsten Morgen ein ernstes Wörtchen mit mir, wobei sie mir sagte, dass ich während meiner Erziehung auf dem Land natürlich kein höfisches Benehmen oder französische Manieren gesehen haben konnte, dass dies für mich aber keinen Grund darstelle, über sie zu lachen. Selbstverständlich versuchte ich, nie wieder in Gesellschaft zu lächeln. Dieser Besuch in Karlsruhe fand im Jahr 1789 statt – gerade als alle ganz mit den Ereignissen in Paris beschäftigt waren; und doch wurde in Karlsruhe mehr über französische Manieren gesprochen als über französische Politik. Insbesondere Madame Rupprecht hielt sehr viel von allen Franzosen. Und auch das war wieder ganz anders, als ich es von zu Hause kannte. Fritz konnte es kaum ertragen, auch nur einen französischen Namen zu hören; und es war beinahe ein Hinderungsgrund für meinen Besuch bei Sophie gewesen, dass ihre Mutter die Anrede »Madame« ihrer eigentlichen Anrede, »Frau«, vorzog.

Eines Abends saß ich neben Sophie und sehnte mich nach der Zeit, zu der es uns erlaubt sein würde, zu Abend zu essen und heimzugehen, sodass wir miteinander würden reden können – etwas, das Madame Rupprechts Anstandsregeln verbaten, welche jede über das Allernotwendigste hinausgehende Unterhaltung zwischen Mitgliedern derselben Familie in Gesellschaft streng untersagten. Ich saß, wie ich sagte, da und unterdrückte kaum meine Neigung zu gähnen, als zwei Herren hereinkamen, von denen einer offenbar allen Anwesenden unbekannt war, was aus der förmlichen Art hervorging, in welcher der Gastgeber ihn zur Hausherrin führte und ihn ihr vorstellte. Ich glaubte, noch nie jemand so Gutaussehendes oder so Elegantes gesehen zu haben. Sein Haar war selbstverständlich gepudert, aber man konnte an seinem Teint sehen, dass es von Natur aus hell war. Seine Gesichtszüge waren so zart wie die eines Mädchens und durch zwei kleine »Mouches« betont, wie wir Schönheitspflästerchen damals nannten: eines war an seinem linken Mundwinkel platziert, das andere schien sein rechtes Auge zu verlängern. Er war in Blau und Silber gekleidet. Ich war derart in die Bewunderung dieses schönen, jungen Mannes versunken, dass ich so überrascht war, als hätte der Engel Gabriel zu mir gesprochen, als die Dame des Hauses ihn zu mir brachte, um ihn mir vorzustellen. Sie nannte ihn Monsieur de la Tourelle, und er fing an, auf Französisch mit mir zu sprechen; doch obwohl ich ihn voll und ganz verstand, traute ich es mir nicht zu, ihm in dieser Sprache zu antworten. Dann versuchte er es auf Deutsch, welches er auf eine leicht lispelnde Weise sprach, die ich charmant fand. Aber noch vor dem Ende des Abends wurde ich der gekünstelten Sanftheit und der unmännlichen Art seines Benehmens ein wenig müde, wie auch der übertriebenen Komplimente, die er mir machte und die bewirkten, dass sich alle Anwesenden nach mir umdrehten und mich ansahen. Madame Rupprecht gefiel jedoch genau das, was mir missfiel. Sie mochte es, wenn entweder Sophie oder ich Aufsehen erregte; natürlich wäre es ihr lieber gewesen, wenn es ihre Tochter gewesen wäre, aber die Freundin ihrer Tochter kam gleich als Nächstes. Als wir fortgingen, hörte ich Madame Rupprecht und Monsieur de la Tourelle mit aller Macht Höflichkeiten austauschen, denen ich entnahm, dass uns der französische Herr am nächsten Tag einen Besuch abstatten wollte. Ich weiß nicht, ob ich mich mehr freute oder fürchtete, denn ich hatte den ganzen Abend lang mit meinen guten Manieren wie auf Stelzen gehen müssen. Dennoch fühlte ich mich geschmeichelt, als Madame Rupprecht so sprach, als hätte sie ihn eingeladen, weil er meine Gesellschaft genossen hätte – und ich war sogar noch zufriedener mit Sophies neidlosem Entzücken über das offensichtliche Interesse, das ich bei einem so feinen und angenehmen Herrn geweckt hatte. Doch trotz alledem hatten sie am nächsten Tag alle Mühe, mich daran zu hindern, aus dem Salon zu laufen, als wir seine Stimme am Tor nach dem Treppenhaus von Madame Rupprecht fragen hörten. Sie hatten mir gesagt, ich solle mein Sonntagskleid anziehen, und sie selbst waren wie für einen Empfang gekleidet.

Als er wieder fort war, gratulierte mir Madame Rupprecht zu der Eroberung, die ich gemacht hatte; denn über die Erfordernisse der bloßen Höflichkeit hinaus hatte er tatsächlich kaum mit jemand anderem gesprochen, und er hatte sich fast schon selbst eingeladen, um am Abend herzukommen und ein neues Lied mitzubringen, das, so sagte er, in Paris sehr in Mode war. Madame Rupprecht war den ganzen Morgen über unterwegs gewesen, wie sie mir erzählte, um Informationen über Monsieur de la Tourelle zu sammeln. Er war Grundbesitzer, hatte ein kleines Château in den Vogesen; er besaß dort Land, hatte aber ein großes Einkommen aus irgendwelchen Quellen, die völlig unabhängig von seinem Grundbesitz waren. Alles in allem war er eine gute Partie, wie sie nachdrücklich feststellte. Nach diesem Bericht von seinem Reichtum schien sie überhaupt nicht daran zu denken, dass ich ihn ablehnen könnte; ebenso wenig glaube ich, dass sie Sophie die Wahl gelassen hätte – selbst dann nicht, wenn er so alt und hässlich gewesen wäre, wie er jung und gutaussehend war. Ich weiß nicht genau – so viele Dinge haben sich seither zugetragen und die Klarheit meiner Erinnerungen getrübt – ob ich ihn liebte oder nicht. Er verehrte mich sehr; er schüchterte mich mit seinen übermäßigen Liebesbezeigungen fast ein. Und er war sehr charmant zu allen um mich herum, die ohne Ausnahme von ihm sagten, er sei der faszinierendste Mann, und von mir, ich könne mich äußerst glücklich schätzen. Und doch fühlte ich mich in seiner Gegenwart nie ganz wohl. Ich war immer erleichtert, wenn seine Besuche vorüber waren, obwohl ich ihn mir herbeiwünschte, wenn er nicht kam. Er verlängerte seinen Besuch bei dem Freund, bei dem er in Karlsruhe wohnte, in der Absicht, mir den Hof zu machen. Er überhäufte mich mit Geschenken, die ich nicht annehmen wollte, jedoch schien Madame Rupprecht mich für affektiert und prüde zu halten, wenn ich sie ablehnte. Viele dieser Geschenke bestanden in wertvollen alten Schmuckstücken, die offensichtlich seiner Familie gehörten; indem ich sie annahm, verstärkte ich die Bande, die weit mehr von den Umständen als durch meine eigene Zustimmung um mich herum geknüpft wurden. In jenen Tagen schrieben wir Briefe an abwesende Freunde nicht so häufig, wie das heute üblich ist, und ich hatte ihn in den wenigen Briefen, die ich nach Hause schrieb, nicht erwähnen wollen. Nach einiger Zeit erfuhr ich jedoch von Madame Rupprecht, dass sie meinem Vater geschrieben hatte, um die großartige Eroberung bekanntzugeben, die ich gemacht hatte, und um seine Anwesenheit bei meiner Verlobung zu erbitten. Ich war erschrocken und erstaunt. Ich hatte nicht begriffen, dass sich die Dinge so weit entwickelt hatten. Aber als sie mich auf eine strenge, gekränkte Art fragte, was ich mit meinem Benehmen habe bezwecken wollen, wenn ich Monsieur de la Tourelle nicht zu heiraten beabsichtige – ich hatte seine Besuche, seine Geschenke, alle seine verschiedenen Annäherungsversuche entgegengenommen, ohne Widerwillen oder Abneigung zu zeigen – (und es stimmte alles; ich hatte keine Abneigung gezeigt, obwohl ich nicht den Wunsch hegte, ihn zu heiraten – zumindest nicht so bald) – was hätte ich anderes tun können, als den Kopf hängen zu lassen und stillschweigend in die rasche Kundgebung des einzigen Weges einzuwilligen, der mir noch blieb, falls ich nicht für den Rest meines Lebens als herzlose Kokette gelten wollte?

Es gab eine Schwierigkeit, von der ich später erfuhr, dass meine Schwägerin sie abgewendet hatte – bezüglich der Frage, ob meine Verlobung zu Hause stattfinden sollte. Mein Vater und besonders Fritz waren dafür, dass ich zur Mühle zurückkehren und mich dort verloben und auch dort heiraten sollte. Aber die Rupprechts und Monsieur de la Tourelle drängten genauso auf das Gegenteil; und Babette widerstrebte es, die Unannehmlichkeiten des Trubels in der Mühle auf sich zu nehmen; und ihr missfiel, glaube ich, auch ein wenig der Gedanke an den Kontrast zwischen meiner grandioseren Hochzeit und ihrer eigenen.

Daher kamen mein Vater und Fritz zur Verlobung her. Sie sollten in einem Gasthof in Karlsruhe für vierzehn Tage wohnen, nach deren Ablauf die Hochzeit stattfinden sollte. Monsieur de la Tourelle sagte mir, er habe zu Hause geschäftliche Dinge zu erledigen, was ihn dazu zwingen würde, in der Zeit zwischen den beiden Ereignissen abwesend zu sein; und ich war sehr froh darüber, denn ich hatte nicht den Eindruck, dass er meinen Vater und meinen Bruder so schätzte, wie ich es mir von ihm gewünscht hätte. Er war sehr höflich zu ihnen, legte das ganze sanfte, erhabene Benehmen an den Tag, das er mir gegenüber größtenteils abgelegt hatte, und machte uns allen durchweg Komplimente, angefangen bei meinem Vater und Madame Rupprecht bis hin zur kleinen Alwina. Aber er machte sich ein wenig über die altmodische kirchliche Trauzeremonie lustig, auf der mein Vater bestand; und ich bilde mir ein, Fritz muss einige seiner Komplimente als Spott verstanden haben, denn ich sah gewisse Anzeichen im Verhalten meines Bruders, an denen ich erkannte, dass mein zukünftiger Ehemann ihn trotz aller seiner höflichen Worte aufgeregt und verärgert hatte. Doch alle finanziellen Vereinbarungen waren äußerst großzügig und stellten meinen Vater mehr als zufrieden, ja überraschten ihn beinahe. Selbst Fritz zog die Augenbrauen hoch und ließ einen Pfiff ertönen. Ich war die Einzige, die sich aus alledem nichts machte. Ich war verhext – in einem Traum – in einer Art Verzweiflung. Ich war durch meine eigene Schüchternheit und Schwäche in ein Netz geraten, und ich sah keine Möglichkeit, wie ich mich daraus befreien konnte. In jenen zwei Wochen klammerte ich mich an die Menschen aus meinem eigenen Zuhause, wie ich es nie zuvor getan hatte. Ihre Stimmen, ihre Gepflogenheiten waren nach den Zwängen, unter denen ich gelebt hatte, alle so angenehm und vertraut für mich. Ich durfte reden und handeln, wie es mir gefiel, ohne von Madame Rupprecht verbessert zu werden oder von Monsieur de la Tourelle in einer feinfühligen, schmeichelhaften Weise gemaßregelt zu werden. Eines Tages sagte ich meinem Vater, dass ich nicht heiraten wolle, dass ich lieber zu meiner geliebten, alten Mühle zurückgehen würde; doch er schien meine Rede als eine Pflichtverletzung zu empfinden, die so schlimm war, als hätte ich einen Meineid geleistet – als hätte nach der Verlobungsfeier niemand außer meinem zukünftigen Ehemann ein Recht an mir gehabt. Dennoch stellte er mir einige ernste Fragen; aber meine Antworten waren nicht dazu geeignet, mir viel zu nützen.

»Weißt du von irgendeiner Schuld oder einer Untat dieses Mannes, die verhindern würde, dass Gottes Segen auf deiner Ehe mit ihm ruht? Empfindest du ihm gegenüber in irgendeiner Weise eine Abneigung oder einen Widerwillen?«

Und was konnte ich auf all das sagen? Ich konnte nur hervorstammeln, dass ich glaubte, ihn nicht genug zu lieben; und mein armer alter Vater sah in diesem Widerstreben lediglich die Laune eines albernen Mädchens, das nicht wusste, was es wollte, das nun aber zu weit gegangen war, um sein Wort zurückzunehmen.

Also wurden wir getraut, in der Hofkapelle – ein Privileg, für dessen Erreichung Madame Rupprecht endlose Anstrengungen unternommen hatte und von dem sie gedacht haben musste, dass es uns alles Glück dieser Erde sichern würde – sowohl zu jener Zeit als auch in der späteren Rückbesinnung.

Wir wurden getraut; und nach zwei Tagen, die mit Feierlichkeiten in Karlsruhe verbracht wurden, unter all unseren neuen, vornehmen Freunden dort, verabschiedete ich mich für immer von meinem lieben, alten Vater. Ich hatte meinen Ehemann darum gebeten, mich über Heidelberg zu seinem alten Schloss in den Vogesen zu bringen; aber ich entdeckte unter jenem verweichlichten Aussehen und Benehmen eine starke Entschlossenheit, auf die ich nicht vorbereitet war, und er lehnte meine erste Bitte so entschieden ab, dass ich es nicht wagte, darauf zu drängen. »Von nun an, Anna«, sagte er, »wirst du dich in anderen Kreisen bewegen; und obwohl es möglich ist, dass du vielleicht dazu in der Lage sein wirst, deinen Verwandten von Zeit zu Zeit eine Gunst zu erweisen, ist jedoch ein häufiger oder vertraulicher Umgang mit ihnen nicht wünschenswert und etwas, das ich nicht zulassen kann.« Nach dieser förmlichen Rede hatte ich fast Angst, meinen Vater und Fritz darum zu bitten, mich besuchen zu kommen; doch als die Qual, mich von ihnen zu verabschieden, über all meine Besonnenheit siegte, flehte ich sie an, mir bald einen Besuch abzustatten. Aber sie schüttelten nur den Kopf und sprachen von geschäftlichen Angelegenheiten zu Hause, davon, dass ich nun ein anderes Leben führte und eine Französin sei. Nur mein Vater brach zuletzt in einen Segen aus und sagte: »Falls meine Tochter unglücklich ist – was Gott verhüte – möge er sie daran erinnern, dass ihr das Haus ihres Vaters immer offensteht.« Ich war im Begriff auszurufen: »Oh, dann nimm mich jetzt zurück, mein Vater! Oh, mein Vater!« als ich eher spürte denn sah, dass mein Mann in meiner Nähe war. Er schaute uns mit einem leicht verächtlichen Gesichtsausdruck zu; und indem er meine Hand in seine nahm, führte er mich, die ich schluchzte, fort und sagte, dass Abschiede, wenn sie unumgänglich seien, am besten kurz sein sollten.

Wir brauchten zwei Tage, um sein Château in den Vogesen zu erreichen, denn die Straßen waren schlecht und der Weg schwer auszumachen. Niemand hätte hingebungsvoller sein können, als er es während der ganzen Reise war. Es schien, als versuchte er mich auf jede erdenkliche Weise für die Trennung zwischen meinem gegenwärtigen und meinem früheren Leben zu entschädigen, die mir von Stunde zu Stunde absoluter vorkam. Ich schien gerade erst zu erwachen und die ganze Tragweite dessen zu erfassen, was eine Ehe bedeutete; und ich nehme stark an, dass ich keine fröhliche Gefährtin auf der langwierigen Reise war. Nach einiger Zeit wurde Monsieur de la Tourelle von Eifersucht übermannt, weil ich meinem Vater und meinem Bruder nachtrauerte, und er grollte mir schließlich so sehr, dass ich dachte, das Gefühl der Trostlosigkeit würde mir das Herz brechen. Und so kam es, dass unser Gemütszustand kein fröhlicher war, als wir uns Les Rochers näherten, und ich dachte, dass der Ort vielleicht deshalb so öde wirkte, weil ich so unglücklich war. Auf einer Seite sah das Château aus wie ein neuer Rohbau, der für einen dringenden Zweck in aller Eile hochgezogen worden war und in dessen Umgebung keine Bäume und kein Unterholz wuchsen; nur die Steine, die beim Bauen übrig geblieben waren, lagen noch in unmittelbarer Nähe herum, obwohl man es duldete, dass Unkraut und Flechten bei und auf den Schutthaufen wuchsen; auf der anderen Seite befanden sich die großen Felsen, die dem Ort seinen Namen verliehen, und dicht bei ihnen erhob sich – fast wie eine natürliche Struktur – das alte Schloss, das vor vielen Jahrhunderten erbaut worden war.

Es war weder groß noch prachtvoll, doch es war solide und malerisch, und ich wünschte mir damals, wir würden in ihm leben statt in der eleganten, halb eingerichteten Wohnung in dem neuen Gebäude, das für meinen Empfang in aller Eile fertiggestellt worden war. So unvereinbar die beiden Teile auch waren, so waren sie doch zu einem Ganzen verbunden durch komplizierte Korridore und unvermutete Türen, deren genaue Lage ich nie ganz verstand. Monsieur de la Tourelle führte mich zu einer Zimmerflucht, die eigens mir zugeteilt war, und übergab sie mir in aller Form wie eine Domäne, deren Herrscherin ich war. Er entschuldigte sich für die hastigen Vorbereitungen, die alles waren, was er für mich hatte tun können, versprach aber – noch ehe ich darum bat oder auch nur daran dachte, mich zu beklagen – dass die Suite noch vor dem Ablauf vieler Wochen so luxuriös ausgestattet werden sollte, wie man es sich nur wünschen konnte. Doch als ich in der Düsternis eines Herbstabends einen flüchtigen Blick auf mein eigenes Gesicht und meine Gestalt erhaschte, die von all den Spiegeln reflektiert wurden, welche im trüben Licht der vielen Kerzen (unfähig, den recht geräumigen, halb möblierten Salon zu erhellen) nur einen geheimnisvollen Hintergrund zeigten, als ich mich an Monsieur de la Tourelle klammerte und darum bettelte, in die Zimmer gebracht zu werden, die er vor seiner Heirat bewohnt hatte, schien er böse auf mich zu sein, obwohl er gekünstelt lachte, und schob den Gedanken, ich könnte irgendwelche anderen Räume als diese haben, so entschieden beiseite, dass ich schweigend zitterte angesichts der fantastischen Figuren und Formen, von denen meine Einbildung mir suggerierte, dass sie den Hintergrund jener düsteren Spiegel bevölkerten. Da war mein Ankleidezimmer, das nicht ganz so trostlos aussah – mein Schlafzimmer mit seiner prachtvollen und angeschlagenen Einrichtung, das ich für gewöhnlich zu meinem Aufenthaltsraum machte, indem ich die diversen Türen abschloss, die zum Ankleidezimmer, zum Salon, zu den Korridoren führten – alle außer einer, durch die Monsieur de la Tourelle immer, von seinen eigenen Gemächern im älteren Teil des Schlosses kommend, eintrat. Aber diese Vorliebe von mir, mein Schlafzimmer zu bewohnen, störte Monsieur de la Tourelle, da bin ich mir sicher, obwohl er sich nie die Mühe machte, sein Missfallen zum Ausdruck zu bringen. Er lockte mich stets in den Salon zurück, den ich immer weniger mochte, da er durch den langen Korridor, in den alle Türen meiner Wohnung mündeten, völlig vom übrigen Gebäude abgetrennt war. Diesen Korridor verschlossen dicke Türen und schwere Vorhänge, durch die ich keinen Laut aus den anderen Teilen des Hauses hören konnte, und natürlich konnten die Diener keine Bewegung und keinen Schrei von mir hören, außer wenn sie ausdrücklich herbeigerufen wurden. Für ein Mädchen, das wie ich in einem Haushalt groß geworden war, in dem jeder Einzelne den ganzen Tag in Sichtweite jedes anderen Familienmitglieds verbrachte und es nie an aufmunternden Worten oder dem Gefühl wortloser Gesellschaft fehlte, war diese gewaltige Isolierung, in der ich lebte, ziemlich erschreckend – und umso mehr, da Monsieur de la Tourelle als Grundbesitzer, Jäger und was nicht noch alles im Allgemeinen den größeren Teil jedes Tages draußen verbrachte – manchmal sogar zwei oder drei Tage hintereinander. Ich hatte keinen Stolz, der mich davon abgehalten hätte, Umgang mit den Hausangestellten zu pflegen; es wäre mir in vielerlei Hinsicht natürlich erschienen, mich in jenen trostlosen Tagen, in denen ich so völlig auf mich selbst gestellt war, an sie zu wenden, um ein paar mitfühlende Worte zu bekommen, wenn sie wie unsere freundlichen deutschen Bediensteten gewesen wären. Aber ich mochte sie alle miteinander nicht; ich konnte nicht sagen, warum. Einige von ihnen waren höflich, aber ihre Höflichkeit hatte etwas Vertrauliches an sich, das mich abstieß; andere waren unhöflich und behandelten mich mehr, als ob ich ein Eindringling gewesen wäre statt der auserwählten Ehefrau ihres Dienstherrn; und dennoch war mir von diesen beiden Gruppen die letztere lieber.

Der wichtigste Diener gehörte dieser letzten Klasse an. Ich hatte große Angst vor ihm, solch eine argwöhnische Verdrießlichkeit ließ er in allem, was er für mich tat, durchscheinen; und doch bezeichnete Monsieur de la Tourelle ihn als höchst hilfreich und loyal. In der Tat kam es mir manchmal so vor, als würde Lefebvre in einigen Dingen über seinen Herrn gebieten, und daraus wurde ich nicht klug. Denn während sich Monsieur de la Tourelle mir gegenüber so benahm, als wäre ich ein kostbares Spielzeug oder ein Idol, das er gernhaben und hegen und hätscheln und verwöhnen konnte, fand ich bald heraus, wie wenig ich – oder anscheinend auch jeder andere – den schrecklichen Willen des Mannes beugen konnte, der mir am Anfang unserer Bekanntschaft zu verweichlicht und antriebslos erschienen war, um seinen Willen auch nur im Geringsten durchzusetzen. Ich hatte inzwischen gelernt, sein Gesicht besser zu deuten und zu erkennen, dass eine stürmische Gefühlstiefe, deren Ursache ich nicht ergründen konnte, bei bestimmten Anlässen seine grauen Augen mit einem fahlen Licht funkeln ließ, seine Lippen dazu brachte, sich zusammenzuziehen, und seine zarten Wangen, ihre Farbe zu verlieren. Aber zu Hause war alles so offen und ehrlich gewesen, dass ich nicht auf meine Erfahrung zurückgreifen konnte, um in Bezug auf jene, die mit mir unter einem Dach lebten, irgendwelche Rätsel zu lösen. Ich verstand, dass ich das gemacht hatte, was Madame Rupprecht und ihresgleichen »eine hervorragende Partie« genannt hätten, weil ich in einem Château mit vielen Dienern lebte, die scheinbar dazu verpflichtet waren, mir als Herrin zu gehorchen. Ich verstand ebenso, dass mich Monsieur de la Tourelle auf seine Art sehr gernhatte – dass er stolz auf meine Schönheit war, wie ich zu behaupten wage (denn er sprach recht häufig mit mir darüber) – doch er war auch eifersüchtig und misstrauisch und ließ sich von meinen Wünschen nicht beeinflussen, es sei denn, sie stimmten mit seinen überein. Ich hatte zu dieser Zeit das Gefühl, dass ich ihn auch hätte gernhaben können, wenn er mich nur gelassen hätte; aber ich war von Kindesbeinen an schüchtern, und es dauerte nicht lange, bis meine Furcht vor seinem Missfallen (der aus so unbedeutenden Ursachen wie einer zögerlichen Erwiderung, einem falschen Wort oder einem Seufzen nach meinem Vater wie ein Blitz aus heiterem Himmel in seine Liebe hineinfuhr) über meine natürliche Neigung siegte, jemanden zu lieben, der so gutaussehend, so kultiviert, so nachsichtig und hingebungsvoll war. Doch da ich ihm schon nicht zu Gefallen sein konnte, wenn ich ihn tatsächlich liebte, kannst Du Dir vorstellen, wie oft ich Fehler beging, wenn ich solche Angst vor ihm hatte, dass ich aus Furcht vor seinen Temperamentsausbrüchen stillschweigend seine Gesellschaft mied. An Eines kann ich mich erinnern, nämlich wie mir auffiel, dass Lefebvre umso mehr in sich hineinzulachen schien, je ungehaltener Monsieur de la Tourelle mit mir war; und wenn er mir seine Gunst wieder schenkte, was manchmal von einer ebenso plötzlichen Regung ausgelöst wurde wie mein Sinken in Ungnade, sah Lefebvre mich mit seinen kalten, bösartigen Augen missbilligend an, und ein- oder zweimal sprach er bei solchen Gelegenheiten sehr respektlos mit Monsieur de la Tourelle.

Ich vergaß beinahe zu erwähnen, dass Monsieur de la Tourelle während meiner Anfangszeit in Les Rochers aus herablassendem, nachsichtigem Mitleid mit meinem wunden Punkt, meiner Abneigung gegen die düstere Pracht des Salons, der Putzmacherin in Paris schrieb, von der meine Corbeille-de-mariage[3] gekommen war, um sie darum zu bitten, sich nach einer Bediensteten für mich umzusehen, die mittleren Alters, eine erfahrene Kammerzofe und so verfeinert sein sollte, dass sie mir bei Gelegenheit als Gesellschafterin dienen konnte.

TEIL II

Eine Frau namens Amante aus der Normandie wurde von der Pariser Putzmacherin nach Les Rochers gesandt, um meine Kammerzofe zu werden. Sie war groß und sah gut aus, obwohl sie über vierzig und etwas hager war. Aber ich mochte sie gleich, als ich sie zum ersten Mal sah; sie war in ihrem Benehmen weder unhöflich noch vertraulich, und sie wirkte auf angenehme Weise geradlinig, was ich an allen Bewohnern des Château vermisst und in meinem Geist dummerweise als landestypischen Mangel verzeichnet hatte. Amante wurde von Monsieur de la Tourelle angewiesen, in meinem Ankleidezimmer zu sitzen und sich immer in Rufweite aufzuhalten. Er gab ihr auch viele Anweisungen bezüglich ihrer Pflichten in Angelegenheiten, die streng genommen vielleicht in meinen Entscheidungsbereich gehörten. Doch ich war jung und unerfahren und dankbar dafür, jegliche Verantwortung abgenommen zu bekommen.

Ich nehme an, es stimmt, was Monsieur de la Tourelle sagte – noch ehe viele Wochen verronnen waren – dass ich für eine große Dame, eine Schlossherrin, leider allmählich einen zu vertraulichen Umgang mit meiner Zofe aus der Normandie pflegte. Aber Du weißt, dass in dem Rang, den wir von Geburt hatten, kein großer Unterschied bestand: Amante war die Tochter eines normannischen Bauern, ich die eines deutschen Müllers; und davon abgesehen war mein Leben so einsam! Es schien fast, als könnte ich es meinem Mann nicht recht machen. Er hatte in seinem Brief um eine Frau gebeten, die dazu in der Lage war, mir ab und zu Gesellschaft zu leisten, und jetzt war er eifersüchtig wegen meiner offen bekundeten Wertschätzung für sie – verärgert, weil ich manchmal über ihre originellen Lieder und amüsanten Sprichwörter lachen konnte, während ich in seiner Gegenwart zu eingeschüchtert war, um zu lächeln.

Ab und zu fuhren Familien aus mehreren Wegstunden Entfernung in ihren schweren Kutschen über die schlechten Straßen, um uns einen Besuch abzustatten, und es war gelegentlich die Rede davon, dass wir nach Paris gehen würden, wenn sich die öffentlichen Angelegenheiten ein wenig beruhigt haben würden. Diese kleinen Ereignisse und Pläne waren während der ersten zwölf Monate die einzige Abwechslung in meinem Leben, wenn ich von den wechselnden Launen von Monsieur de la Tourelle, seinem unangemessenen Zorn und seiner leidenschaftlichen Liebe einmal absehe.

Vielleicht lag einer der Gründe dafür, dass mich Amantes Gesellschaft erfreute und tröstete, darin, dass sich Amante im Gegensatz zu mir, die ich vor allen Angst hatte (ich glaube nicht, dass ich vor Dingen halb so viel Angst hatte wie vor Menschen), vor niemandem fürchtete. Sie trat Lefebvre stets ruhig und mutig entgegen, und er respektierte sie deswegen umso mehr; sie besaß die Gabe, Monsieur de la Tourelle Fragen zu stellen, die ihm respektvoll zu verstehen gaben, dass sie erkannt hatte, wo es hakte, doch sie unterließ es aus Achtung vor seiner Stellung als ihrem Dienstherrn, ihn zu nachdrücklich darauf hinzuweisen. Und trotz aller ihrer Raffinesse gegenüber anderen war sie zu mir sehr liebevoll – umso mehr zu jener Zeit, weil sie wusste, was ich Monsieur de la Tourelle noch nicht zu sagen gewagt hatte, nämlich dass ich bald Mutter werden könnte – jener wundervolle Gegenstand rätselhaften Interesses für alleinstehende Frauen, die nicht länger darauf hoffen, diesen Segen selbst erfahren zu dürfen.

Es war wieder Herbst, spät im Oktober. Aber ich hatte mich mit meiner Behausung versöhnt; die Mauern des neuen Gebäudeteils sahen nicht mehr nackt und trostlos aus; der Schutt war auf Monsieur de la Tourelles Wunsch hin so weit entfernt worden, dass ein kleiner Blumengarten angelegt werden konnte, in dem ich jene Pflanzen zu ziehen versuchte, von denen ich mich daran erinnerte, dass sie zu Hause wuchsen. Amante und ich hatten die Möbel in den Zimmern umgestellt und sie so angeordnet, wie es uns gefiel; mein Mann hatte im Laufe der Zeit so manchen Gegenstand in Auftrag gegeben, von dem er dachte, dass er mir Freude bereiten würde, und ich fügte mich allmählich in meine scheinbare Gefangenschaft in einem bestimmten Teil des weitläufigen Gebäudes, das ich noch nie ganz erforscht hatte. Es war, wie gesagt, wieder Oktober. Die Tage waren herrlich, wenn auch kurz, und Monsieur de la Tourelle hatte, wie er sagte, einen Anlass, jenes entfernte Anwesen aufzusuchen, dessen Leitung es so häufig erforderte, dass er von zu Hause fort war. Er nahm Lefebvre mit und möglicherweise einige weitere Lakaien; das tat er oft. Und meine Stimmung hob sich ein wenig bei dem Gedanken an seine Abwesenheit; und dann überkam mich das neue Gefühl, dass er der Vater meines ungeborenen Babys war, und ich versuchte, ihn in dieser neuen Eigenschaft zu sehen. Ich versuchte zu glauben, es sei seine leidenschaftliche Liebe zu mir, die ihn so eifersüchtig und tyrannisch machte – die ihn so weit brachte, dass er mir sogar Beschränkungen für den Umgang mit meinem lieben Vater auferlegte, von dem ich so völlig abgesondert war, was den persönlichen Umgang miteinander anging.

Ich hatte es mir zugegebenermaßen gestattet, mich einer traurigen Prüfung all der Schwierigkeiten hinzugeben, die unter dem scheinbaren Luxus meines Lebens verborgen lagen. Ich wusste, dass außer meinem Ehemann und Amante niemand etwas für mich übrig hatte; denn es war ganz deutlich zu erkennen, dass ich als seine Frau und zudem als ein Parvenü bei den wenigen Nachbarn in unserer Umgebung nicht beliebt war; und was die Dienerschaft angeht, so sahen die Frauen alle mitleidlos und unverfroren aus und behandelten mich mit einem scheinbaren Respekt, der eher höhnisch als echt wirkte, während die Männer eine Art lauernde Grimmigkeit an sich hatten, die sie manchmal sogar vor Monsieur de la Tourelle zur Schau stellten, dessen Führungsstil ihnen gegenüber, wie ich gestehen muss, andererseits oft streng, wenn nicht gar grausam war. Mein Mann liebte mich, sagte ich mir, doch ich sagte es fast schon in Form einer Frage. Seine Liebe zeigte er in Abhängigkeit von seinen Launen und in einer Weise, die mehr darauf abzielte, ihn zu erfreuen als mich. Ich hatte das Gefühl, dass er für keinen meiner Wünsche auch nur ein Jota von irgendeiner festgelegten Handlungsweise abweichen würde. Ich hatte die Unbeugsamkeit jener dünnen, feinen Lippen kennengelernt; ich wusste, wie der Zorn seine helle Gesichtsfarbe totenbleich werden und seine blassblauen

Augen grausam aufleuchten ließ. Die Liebe, die ich irgendjemandem entgegenbrachte, schien ein Grund für ihn zu sein, denjenigen zu hassen – und so fuhr ich damit fort, mich an einem langen, öden Nachmittag während jener Abwesenheit meines Mannes, von der ich gesprochen habe, selbst zu bemitleiden, und dachte nur manchmal daran, mein Gemurmel im Zaum zu halten, indem ich an die neue, unsichtbare Verbindung zwischen uns dachte und dann wieder weinte, wenn ich merkte, wie gemein ich war. Oh, wie gut ich mich an jenen langen Oktoberabend erinnere! Amante kam von Zeit zu Zeit herein und redete in einem fort, um mich aufzumuntern – redete von Kleidern und Paris und ich weiß kaum, wovon noch alles, sah mich aber ab und zu aufmerksam mit ihren freundlichen, dunklen Augen und auch mit ernsthaftem Interesse an, wenngleich sich alle ihre Worte auf Nichtigkeiten bezogen. Schließlich stapelte sie Holz auf das Feuer, zog die schweren Seidenvorhänge zu; denn ich hatte diese bis dahin unbedingt offen lassen wollen, sodass ich sehen konnte, wie der blasse Mond am Himmel aufstieg, so wie ich ihn – denselben Mond – immer wieder über dem Königstuhl in Heidelberg hatte aufgehen sehen; doch der Anblick brachte mich zum Weinen, und so sperrte Amante ihn aus. Sie machte mir Vorschriften wie ein Kindermädchen einem Kind.

»Madame brauchen jetzt das kleine Kätzchen, damit es Ihnen Gesellschaft leistet«, sagte sie, »während ich gehe und Marthon um eine Tasse Kaffee bitte.« Ich erinnere mich an diese Worte und die Art, in der sie mich aufstörten, denn es gefiel mir nicht, dass Amante dachte, ich müsse von einem Kätzchen unterhalten werden. Es mochte meine Gereiztheit sein, aber diese Worte – die sie an ein Kind hätte gerichtet haben können – ärgerten mich, und ich sagte, dass ich einen Grund für meine gedrückte Stimmung hätte – womit ich sagen wollte, dass sie nicht so weit meiner Einbildung entsprang, dass mich die Kapriolen eines Kätzchens von ihr hätten ablenken können. Daher erzählte ich ihr, wenn auch nicht alles, so doch einen Teil; und während ich sprach, kam mir der Verdacht, dass die Gute vieles von dem wusste, was ich ihr vorenthielt, und dass hinter den Worten über das Kätzchen mehr gedankenvolle Freundlichkeit steckte, als es zuerst geschienen hatte. Ich sagte, dass es so lange her sei, seit ich von meinem Vater gehört hatte – dass er ein alter Mann sei und so vieles geschehen könne – ich würde ihn vielleicht nie wiedersehen – und ich hörte so selten von ihm oder meinem Bruder. Die Trennung war vollständiger und absoluter, als ich es je vorausgesehen hatte, als ich heiratete, und ich erzählte der guten Amante etwas von meinem Zuhause und meinem Leben vor meiner Heirat; denn ich war nicht wie eine vornehme Dame erzogen worden, und das Mitgefühl jedes Menschen war für mich kostbar.

Amante hörte interessiert zu und erzählte mir im Gegenzug von einigen der Ereignissen und Sorgen ihres eigenen Lebens. Dann erinnerte sie sich an ihr Vorhaben und machte sich auf die Suche nach dem Kaffee, der mir eine Stunde zuvor hätte gebracht werden sollen; doch wenn mein Mann fort war, wurden meine Wünsche nur selten erfüllt, und ich wagte es nie, Befehle zu erteilen.

Bald darauf kam sie mit dem Kaffee und einem herrlichen, großen Kuchen zurück.

»Sehen Sie her!« sagte sie und stellte ihn hin. »Sehen Sie, was ich erbeutet habe! Madame müssen essen. Jene, die essen, lachen immer. Und außerdem habe ich eine kleine Neuigkeit, die Madame freuen wird.« Dann sagte sie mir, dass auf einem Tisch in der großen Küche ein Bündel Briefe gelegen habe, das am selben Nachmittag mit dem Boten aus Straßburg gekommen sei; und da ihr das Gespräch mit mir noch frisch in Erinnerung gewesen sei, habe sie hastig den Bindfaden aufgeknotet, der sie zusammenhielt; doch sie habe gerade erst einen erkannt, der ihr aus Deutschland zu kommen schien, als ein Diener hereingekommen sei und sie – aufgrund des Schrecks, den er ihr versetzte – die Briefe habe fallen lassen, die er dann aufgehoben habe, während er mit ihr geschimpft habe, weil sie sie aufgebunden und durcheinandergebracht habe. Sie sagte ihm, dass sie glaube, es sei ein Brief an ihre Herrin dabei; aber er habe nur umso mehr geschimpft und gesagt, wenn dem so sei, gehe es sie nichts an und ihn auch nicht, denn er habe diesbezüglich die striktesten Anweisungen, immer sämtliche Briefe, die während der Abwesenheit seines Herrn ankämen, in das private Wohnzimmer des Letzteren zu bringen – ein Zimmer, das ich nie betreten hatte, obwohl es durch eine Tür mit dem Ankleidezimmer meines Mannes verbunden war.

Ich fragte Amante, ob sie diesen Brief nicht für mich ergattert und hergebracht habe. Nein, ganz sicher nicht, antwortete sie, es sei beinahe lebensgefährlich für sie, unter solch einer Dienerschaft zu leben: es sei erst einen Monat her, seit Jacques wegen ein paar scherzhaften Worten Valentin erstochen habe. Ob ich Valentin nie vermisst hätte – jenen gutaussehenden, jungen Burschen, der das Feuerholz in meinen Salon herauftrug? Der arme Kerl! Er sei nun tot und begraben, und im Dorf heiße es, er habe seinem Leben ein Ende gesetzt, doch hier im Hause wisse man es besser. Oh! Ich müsse keine Angst haben; Jacques sei gegangen, keiner wisse, wohin; aber bei solchen Leuten gehe man ein Risiko ein, wenn man auf etwas beharre oder sie tadele; Monsieur würde am kommenden Tag zu Hause sein, und das sei keine lange Wartezeit.

Aber ich hatte das Gefühl, ohne den Brief nicht bis zum nächsten Tag leben zu können. Er mochte besagen, dass mein Vater krank war, im Sterben lag – es konnte sein, dass er von seinem Sterbebett aus nach seiner Tochter rief! – Kurzum wurde ich von endlosen Gedanken und

Fantasien heimgesucht. Es war nutzlos, dass Amante mir sagte, sie könne sich am Ende auch geirrt haben – sie entziffere Handschriften nicht leicht – sie habe die Adresse nur flüchtig gesehen; ich ließ meinen Kaffee kalt werden, der Kuchen wurde mir ganz zuwider, und ich rang die Hände voller Ungeduld, an den Brief zu gelangen und Neuigkeiten von meinen Lieben zu Hause zu erhalten. Die ganze Zeit über bewahrte Amante ihre unerschütterliche gute Laune, während sie zuerst argumentierte und mich dann schalt. Schließlich sagte sie, als wäre sie zermürbt, wenn ich versprechen würde, gut zu Abend zu essen, würde sie sehen, ob es sich machen ließe, dass wir in Monsieurs Zimmer gehen und nach dem Brief suchen würden, nachdem die Diener alle zu Bett gegangen wären. Wir kamen überein, dass wir gemeinsam hingehen würden, wenn alles ruhig sein würde, um die Briefe durchzugehen. Das konnte uns doch niemand verübeln! Und dennoch waren wir irgendwie solche Feiglinge, dass wir es nicht wagten, es offen und vor den Augen der Hausgemeinschaft zu tun.

Wenig später wurde mein Abendessen heraufgebracht: Rebhühner, Brot, Obst und Sahne. Wie gut ich mich an jenes Abendessen erinnere! Wir räumten den nicht angerührten Kuchen in eine Art Büfett weg und gossen den kalten Kaffee aus dem Fenster, damit die Diener keinen Anstoß an der scheinbaren Launenhaftigkeit nähmen, die darin bestand, nach Essen zu schicken, das ich nicht zu mir nehmen konnte. Ich war so begierig darauf, alle im Bett zu wissen, dass ich dem mich bedienenden Lakaien sagte, er müsse nicht warten, um die Teller und Schüsseln wegzubringen, sondern könne zu Bett gehen. Noch lange, nachdem es im Haus meiner Ansicht nach ruhig war, ließ mich Amante in ihrer Vorsicht warten. Es war nach elf, ehe wir uns mit katzenhaften Schritten und verhülltem Licht die Korridore entlang aufmachten, um zum Zimmer meines Mannes zu gehen und meinen eigenen Brief zu stehlen, falls dieser tatsächlich dort war – eine Tatsache, bezüglich derer Amante im Verlauf unserer Diskussion ziemlich unsicher geworden war.

Um Dir meine Geschichte begreiflich zu machen, muss ich nun versuchen, Dir den Aufbau des Châteaus zu erklären. Es war früher einmal eine recht gut bewehrte Festung gewesen und saß auf der höchsten Stelle eines Felsens, der aus der Seite des Berges herausragte. Doch es waren Anbauten an das alte Gebäude errichtet worden (das den Burgen auf den Felsvorsprüngen über dem Rhein sehr ähnlich gewesen sein muss), und diese neuen Gebäude waren so angeordnet, dass sie einen herrlichen Ausblick gewährten, da sie sich auf der steilsten Seite des Felsens befanden, von dem der Berg gewissermaßen schroff abfiel und den Blick auf die große Ebene Frankreichs ganz freigab. Der Grundriss entsprach in seiner Form ungefähr dreien der vier Seiten eines Rechtecks; meine Gemächer in dem modernen Bau nahmen das schmale Ende ein und hatten diese großartige Aussicht. Die Vorderfront des Schlosses war alt und verlief parallel zu der weit darunterliegenden Straße. Sie enthielt die Wirtschaftsräume und die öffentlich zugänglichen Räume verschiedener Art, die ich nie betrat. Der rückwärtige Flügel (wenn man das neue Gebäude mit meinen Gemächern als die Mitte betrachtete) bestand aus vielen Zimmern, die dunkel und bedrückend wirkten, da der Berghang das Sonnenlicht größtenteils aussperrte und ein dichter Kiefernwald bis in wenige Meter Entfernung von den Fenstern hinab wuchs. Dennoch hatte mein Mann auf dieser Seite – auf einem vorspringenden Plateau des Felsens – den Blumengarten angelegt, von dem ich gesprochen habe; denn in seinen Mußestunden war er ein begnadeter Blumenzüchter.

40

Mein Schlafzimmer bildete nun das Eckzimmer der neuen Gebäude mit dem Teil, der den Bergen am nächsten lag. Daher hätte ich mich auf einer Seite mit den Händen auf dem Fenstersims in den Blumengarten hinunterlassen können, ohne Gefahr zu laufen, mir wehzutun, während die Fenster, die zu diesen im rechten Winkel standen, in einen senkrechten Abhang von mindestens dreißig Metern hinabsahen. Wenn man noch weiter an diesem Flügel entlangging, kam man zu dem alten Gebäude; tatsächlich waren diese beiden Fragmente des alten Schlosses früher durch ähnliche Gemächer miteinander verbunden gewesen, wie mein Ehemann sie von Neuem erbaut hatte. Diese Zimmer gehörten Monsieur de la Tourelle. Sein Schlafzimmer war durch eine Tür mit meinem verbunden, sein Ankleidezimmer lag dahinter; und das war so ziemlich alles, was ich wusste, denn wie er selbst verstanden sich die Diener darauf, mich unter irgendeinem Vorwand zurückzuschicken, falls sie mich allein herumlaufen sahen, wozu ich nach meiner Ankunft aus einer Art Neugier heraus neigte, um mir das gesamte Domizil anzusehen, dessen Herrin ich geworden war. Monsieur de la Tourelle ermunterte mich nie dazu, mich allein nach draußen zu begeben, weder in einer Kutsche noch zu Fuß, und sagte immer, es sei unsicher auf den Straßen in jenen aufrührerischen Zeiten; in der Tat bildete ich mir seither manchmal ein, dass der Blumengarten, dessen einziger Zugang vom Schloss aus durch seine Räume führte, dazu angelegt worden war, um mir unter seiner Aufsicht Bewegung und Betätigung zu verschaffen.

Doch um auf jene Nacht zurückzukommen: ich wusste, wie ich bereits sagte, dass Monsieur de la Tourelles Privatgemach in sein Ankleidezimmer mündete und dieses in sein Schlafzimmer, welches wiederum in meines, das Eckzimmer, mündete. Doch es gab weitere Türen in all diesen Zimmern, und diese Türen führten zu einer langen Galerie, deren Licht von Fenstern kam, welche auf den

Innenhof hinaussahen. Ich erinnere mich nicht daran, dass wir uns lange darüber beraten hätten; wir gingen durch mein Zimmer in die Wohnung meines Mannes – durch das Ankleidezimmer hindurch – aber die Verbindungstür zu seinem Arbeitszimmer war abgeschlossen, also blieb uns nichts anderes übrig, als umzukehren und über die Galerie zu der anderen Tür zu gehen. Ich weiß noch, dass mir ein oder zwei Dinge in diesen Zimmern auffielen, die ich damals zum ersten Mal sah. Ich erinnere mich an das süße Parfüm, das in der Luft lag, die zahlreichen silbernen Duftfläschchen, die auf seinem Frisiertisch standen, und das ganze Instrumentarium, um zu baden und sich anzuziehen, das sogar noch luxuriöser war als jenes, das er mir zur Verfügung gestellt hatte. Aber das Zimmer selbst war in seinen Proportionen weniger stattlich als meines. In Wahrheit endeten die neuen Gebäude am Eingang zum Ankleidezimmer meines Mannes. Da waren tiefe Fensternischen in acht oder neun Fuß dicken Mauern, und selbst die Trennwände zwischen den Gemächern waren drei Fuß tief; doch über all diesen Türen und Fenstern hingen dicke, schwere Vorhänge, sodass ich annehme, dass niemand in *einem* Zimmer hören konnte, was in einem *anderen* vor sich ging. Wir gingen in mein Zimmer zurück und traten auf die Galerie hinaus. Wir mussten aufgrund einer Angst, die uns aus mir unerfindlichen Gründen ergriff, unsere Kerze beschirmen, damit nicht einige der Diener im gegenüberliegenden Flügel verfolgen konnten, wie wir uns jenem Teil des Schlosses näherten, der von niemandem außer meinem Mann benutzt wurde. Irgendwie hatte ich ständig das Gefühl, dass mich alle Hausangestellten außer Amante bespitzelten und dass ich durch ein Netz der Überwachung und der unausgesprochenen Begrenzung, das sich auf alle meine Handlungen erstreckte, eingeengt war.

Ein Licht schien im oberen Zimmer; wir hielten inne, und Amante hätte sich wieder zurückgezogen, aber ich echauffierte mich über die Verzögerungen. Was tat ich Böses, wenn ich den an mich gerichteten, ungeöffneten Brief meines Vaters im Arbeitszimmer meines Mannes suchte? Ich, die normalerweise der Feigling war, rügte nun Amante für ihre ungewöhnliche Ängstlichkeit. Doch in Wahrheit hatte sie weit mehr Grund zu Argwohn gegenüber den Vorgängen in jenem schrecklichen Haushalt, als mir je bewusst gewesen war. Ich drängte sie, weiterzugehen, ich eilte selbst vorwärts; wir kamen zu der betreffenden Tür: sie war verschlossen, aber der Schlüssel steckte; wir drehten ihn um, wir gingen hinein; die Briefe lagen auf dem Tisch, ihre weißen Rechtecke fingen sofort das Licht ein und offenbarten sich meinen begierigen Augen, die nach den Worten der Liebe aus meinem friedlichen, weit entfernten Zuhause hungerten. Aber gerade, als ich vordrang, um die Briefe in Augenschein zu nehmen, geriet die Kerze, die Amante hielt, in einen Luftzug, ging aus, und wir standen im Dunkeln. Amante schlug vor, wir sollten die Briefe, so gut wir konnten, in der Dunkelheit aufsammeln, sie in meinen Salon tragen und alle außer dem erhofften Brief für mich zurückbringen; doch ich bat sie, in mein Zimmer zurückzugehen, wo ich Zunder und Feuerstein aufbewahrte, und ein neues Licht zu entzünden; und ich blieb allein in dem Raum, von dem ich gerade einmal die Größe und die wichtigsten Einrichtungsgegenstände erkennen konnte: einen großen Tisch mit einer tief hinunterhängenden Tischdecke in der Zimmermitte, Sekretäre und andere schwere Möbelstücke an den Wänden; all das konnte ich sehen, als ich dastand, die Hand auf dem Tisch in der Nähe der Briefe, das Gesicht dem Fenster zugewandt, welches – sowohl durch die Dunkelheit des Waldes, der weit den Berghang hinaufwuchs, als auch durch das schwache Licht des untergehenden Mondes – nur wie ein Rechteck von blasserem, violetterem Schwarz als das im Schatten liegende Zimmer wirkte. Wie viel mir von dem einen flüchtigen Blick vor dem Verlöschen der Kerze im Gedächtnis geblieben war und wie viel ich sah, während sich meine Augen an die Dunkelheit gewöhnten, weiß ich nicht, doch sogar jetzt noch taucht dieses Schreckenszimmer in meinen Träumen auf und zeichnet sich trotz seines tiefen Schattens klar ab. Amante konnte kaum eine Minute fort gewesen sein, ehe ich eine zusätzliche Düsternis vor dem Fenster fühlte und draußen sachte Bewegungen hörte – sacht, aber entschlossen und fortgeführt, bis der Zweck erfüllt, das Fenster hochgeschoben war.

In Todesangst vor den Menschen, die zu solcher Stunde und in solch einer Weise, welche keinen Zweifel an ihren Absichten ließ, gewaltsam in das Gebäude eindrangen, hätte ich bei den ersten Geräuschen auf dem Absatz kehrt gemacht, um zu fliehen, nur dass ich fürchtete, durch irgendeine rasche Bewegung ihre Aufmerksamkeit auf mich zu ziehen – was ich ebenso riskiert hätte, wenn ich die Tür geöffnet hätte, die fast geschlossen war und an deren Handhabung ich nicht gewöhnt war. Wiederum blitzschnell besann ich mich auf das Versteck zwischen der abgeschlossenen Tür zum Ankleidezimmer meines Mannes und dem Vorhang, der sie verbarg; doch ich verwarf die Idee, denn ich fühlte mich, als könnte ich es nicht erreichen, ohne zu schreien oder in Ohnmacht zu fallen. Daher ließ ich mich sacht zu Boden sinken und kroch unter den Tisch, wo ich hoffte, von der großen, tief hinunterreichenden Tischdecke mit ihren schweren Fransen verborgen zu werden. Ich hatte meine mir schwindenden Sinne noch nicht voll wiedererlangt und versuchte, mich damit zu beruhigen, dass ich mich an einem relativ sicheren Ort befand – denn mehr als alles andere fürchtete ich, durch eine Ohnmacht aufzufallen, und ich kämpfte hart um jenen Mut, den ich gewinnen konnte, indem ich mich gegen die Gefahr, in der ich mich befand, dadurch abstumpfte, dass ich mir selbst intensive Schmerzen zufügte. Du hast mich oft gefragt, warum ich dieses Mal auf meiner Hand habe; es war damals, in meiner Todespein, dass ich mit meinen unerbittlichen Zähnen ein Stückchen Fleisch herausbiss, dankbar für den Schmerz, der mir half, mein Grauen zu betäuben. Ich sage Dir: ich hatte mich kaum dort versteckt, als ich hörte, wie das Fenster ganz hochgeschoben war und sie nacheinander über den Fenstersims stiegen und so nahe bei mir standen, dass ich ihre Füße hätte berühren können. Dann lachten und flüsterten sie; meine Gedanken wirbelten derart durcheinander, dass ich nicht sagen konnte, was ihre Worte bedeuteten, aber ich hörte das Lachen meines Ehemanns heraus – leise, spöttisch, verächtlich – als er nach etwas Schwerem trat, das sie herein und über den Boden gezerrt hatten und das in meiner Nähe lag – so nah, dass der Tritt meines Mannes gleichzeitig auch mich berührte. Ich weiß nicht, warum – ich kann nicht sagen, wodurch – aber ein Gefühl (und es war keine Neugier) veranlasste mich dazu, meine Hand ganz behutsam ein kleines bisschen auszustrecken und in der Dunkelheit nach dem zu fühlen, was so verschmäht neben mir lag. Meine Handfläche tastete verstohlen über – die verkrampfte und kalte Hand eines Leichnams!

Sonderbarerweise bewirkte dies, dass sich meine Gedanken augenblicklich überstürzten. Bis zu diesem Moment hatte ich Amante beinahe vergessen; jetzt plante ich in fieberhafter Eile, wie ich sie davor warnen könnte, zurückzukommen – oder vielleicht sollte ich besser sagen, ich *versuchte*, das zu planen, denn alle meine Vorhaben waren völlig aussichtslos, wie ich von Anfang an hätte sehen können. Ich konnte nur hoffen, dass sie die Stimmen jener hören würde, die nun mit dem Versuch, ein Licht zu entzünden, beschäftigt waren und schrecklich darüber fluchten, dass die Dinge, mit deren Hilfe sie ein Feuer hätten entfachen können, verlegt waren. Ich hörte Amantes Schritte draußen immer näher kommen; ich sah von meinem Versteck aus die Linie des Lichts unter der Tür immer deutlicher werden; kurz davor hielten ihre Schritte an; die Männer drinnen – zu dem Zeitpunkt dachte ich, es seien nur zwei, doch später fand ich heraus, dass es drei waren – unterbrachen ihr Unterfangen und hielten ganz still, so atemlos wie ich selbst, nehme ich an. Dann drückte sie die Tür mit einer sanften Bewegung langsam auf, um ihre flackernde Kerze davor zu bewahren, wieder ausgelöscht zu werden. Einen Moment lang war alles still. Dann hörte ich meinen Mann sagen, während er auf sie zukam (er trug Reitstiefel, deren Silhouette ich eindeutig erkannte, da ich sie im Licht sah): »Amante, darf ich fragen, was Sie hier, in mein Privatzimmer, herführt?«

Er stand zwischen ihr und dem Leichnam eines Mannes, vor dessen grausiger Masse ich zurückschreckte, da sie mich fast berührte – so nah waren wir alle beieinander. Ich konnte nicht sagen, ob sie ihn sah oder nicht; ich konnte sie nicht warnen oder ihr mit stummen Zeichen Anweisungen geben, was sie sagen sollte – wenn ich selbst überhaupt gewusst hätte, was sie am besten hätte sagen sollen.

Ihre Stimme klang ganz verändert, als sie sprach: ganz heiser und sehr leise; doch sie war hinreichend gefestigt, als sie sagte (was der Wahrheit entsprach), dass sie hergekommen sei, um nach einem Brief zu suchen, der, wie sie glaube, aus Deutschland für mich eingetroffen sei. Gute, tapfere Amante! Kein Wort über mich. Monsieur de la Tourelle antwortete mit einem grimmigen Fluch und einer furchtbaren Drohung. Er dulde es nicht, dass jemand in seinen Räumlichkeiten herumspioniere; Madame solle ihre Briefe bekommen, falls es welche gebe, wenn er beschließe, sie ihr zu geben – falls er es überhaupt für richtig halte,

46

sie ihr zu geben. Was Amante angehe, so sei das ihre erste Warnung und zugleich auch ihre letzte. Und indem er ihr die Kerze aus der Hand nahm, verwies er sie des Zimmers, während sich seine Gefährten diskret so vor den Leichnam stellten, dass dieser in tiefem Schatten lag. Ich hörte, wie sich der Schlüssel hinter ihr im Schloss drehte; falls ich je einen Gedanken an Flucht gehegt hatte, war er nun dahin. Ich hoffte nur, dass das, was mir widerfahren sollte – was auch immer es sein mochte – bald vorüber sein würde, denn die nervliche Anspannung wurde unerträglich stark für mich. Im selben Moment, in dem man annehmen konnte, dass sie außer Hörweite war, fingen zwei Stimmen an, höchst ärgerlich mit meinem Mann zu sprechen und ihn dafür zu rügen, dass er sie nicht festgehalten hatte, geknebelt hatte – ja, einer war sogar dafür, sie umzubringen, und behauptete, er habe gesehen, wie ihr Blick auf das Gesicht des toten Mannes gefallen sei, den er nun in seinem Zorn trat. Obwohl sie ihre Worte so wählten, als würden sie mit einem Gleichgestellten reden, war aus ihrem Ton eine Spur Angst herauszuhören. Ich bin mir sicher, dass mein Ehemann ihr Anführer oder Befehlshaber war oder dergleichen. Er antwortete ihnen beinahe, als ob er sich über sie lustig machen würde, indem er sagte, es sei so mühsam, es mit Dummköpfen zu tun zu haben – die Chancen stünden zehn zu eins, dass die Frau schlicht und einfach die Wahrheit sage, und sie sei verängstigt genug darüber, ihren Dienstherrn in seinem Zimmer entdeckt zu haben, um dankbar dafür zu sein, dass sie entkommen und zu ihrer Herrin zurückgehen konnte, der er am nächsten Morgen mit Leichtigkeit erklären könne, wie es sich ergeben hatte, dass er mitten in der Nacht heimgekehrt sei. Doch seine Gefährten hoben an, mich zu verfluchen und zu behaupten, dass Monsieur de la Tourelle seit seiner Heirat zu nichts anderem zu gebrauchen sei, als sich fein zu kleiden und sich mit Parfüm zu besprühen, und dass sie ihm, was mich anginge, zwanzig hübschere – und weitaus temperamentvollere – Mädchen hätten beschaffen können. Er antwortete ruhig, dass ich ihm genehm sei, und das sei genug. Die ganze Zeit über machten sie etwas – ich konnte nicht sehen, was – mit der Leiche; manchmal waren sie zu sehr damit beschäftigt, den Leichnam zu durchsuchen, glaube ich, um zu sprechen; wieder ließen sie ihn mit einem schweren, widerstandslosen Schlag fallen und gerieten ins Streiten. Sie neckten meinen Mann mit wütender Heftigkeit, aufgebracht über seine spöttischen und verächtlichen Erwiderungen, sein höhnisches Lachen. Ja, während mein Mann sein armes totes Opfer hochhob, um ihm irgendein wertvolles Kleidungsstück besser ausziehen zu können, hörte ich ihn genauso lachen, wie er es bei amüsanten Wortgefechten im kleinen Salon der Rupprechts in Karlsruhe getan hatte. Ich hasste und fürchtete ihn von jenem Moment an. Endlich sagte er, wie um dem Thema ein Ende zu setzen, mit kühler Entschlossenheit in der Stimme: »Nun, meine guten Freunde, wozu all das Gerede, wo ihr doch tief drinnen wisst, dass meine Frau, wenn ich sie verdächtigte, mehr über meine Angelegenheiten zu wissen, als ich will, den Tag nicht überleben würde? Erinnert euch an Victorine! Nur weil sie auf unvorsichtige Weise über meine Angelegenheiten scherzte und meinen Rat, ihre Zunge im Zaum zu halten, verwarf – zu sehen, was sie wolle, aber nichts zu fragen und nichts zu sagen – ging sie auf eine lange Reise – länger als nach Paris.«

»Aber die hier ist anders als sie; wir wussten alle, dass Madame Victorine Bescheid wusste, sie war so ein Plappermaul; aber diese hier könnte sehr viel herausfinden und nie ein Wort darüber verlieren, sie ist so durchtrieben. Eines schönen Tages ist womöglich das Land in Aufruhr und die Gendarmen aus Straßburg rücken uns zu

Leibe, und das alles wegen Ihres hübschen Püppchens mit seiner listigen Art, Sie zu umgarnen.«

Ich glaube, das riss Monsieur de la Tourelle ein wenig aus seiner verächtlichen Gleichgültigkeit, denn er presste einen Fluch durch seine Zähne und sagte: »Fühle diesen Dolch, Henri! Er ist scharf. Falls meine Frau auch nur ein Wort verlauten lässt und ich solch ein Narr bin, ihr nicht wirksam den Mund gestopft zu haben, ehe sie die Gendarmen auf uns hetzen kann, dann lass diesen guten Stahl seinen Weg in mein Herz finden. Lass sie nur eine leise Ahnung haben, lass sie nur den geringsten Verdacht hegen, dass ich kein Großgrundbesitzer bin, geschweige denn, sich vorstellen, dass ich der Anführer einer Bande von Chauffeurs[4] bin, und sie folgt Victorine noch am selben Tag auf ihre lange Reise jenseits von Paris.«

»Sie wird Sie noch überlisten, oder ich habe Frauen nie richtig eingeschätzt. Diese stillen, schweigsamen sind Teufelinnen. Sie wird Reißaus nehmen, wenn Sie einmal fort sind, weil sie einem Geheimnis auf die Spur gekommen ist, das uns alle aufs Rad flechten wird.«

»Pah!« hörte ich seine Stimme sagen; und nach einer Minute fügte er hinzu: »Lass sie gehen, wenn sie will. Aber wohin sie auch geht, werde ich ihr folgen; also jammere nicht, solange nichts geschehen ist.«

Inzwischen hatten sie den Leichnam fast entkleidet, und das Gespräch drehte sich um die Frage, was sie mit ihm tun sollten. Ich erfuhr, dass es sich bei dem Toten um den Sieur de Poissy[5] handelte, einen vornehmen Herrn aus der Nachbarschaft, von dem ich oft gehört hatte, dass er mit meinem Mann auf die Jagd ging. Ich hatte ihn nie zu Gesicht bekommen, aber ihre Worte klangen so, als ob er sie dabei überrascht hätte, wie sie einen Kölner Händler ausraubten und ihn gerade gemäß dem grausamen Brauch der Chauffeurs folterten, die ihren Opfern die Füße ins Feuer hielten, um sie zur Enthüllung etwaiger geheimer Umstände im Zusammenhang mit ihrem Reichtum zu zwingen, die sich die Chauffeurs später zunutze machten; und diesen Sieur de Poissy, der sie überrascht und Monsieur de la Tourelle erkannt hatte, hatten sie getötet und nach Einbruch der Nacht hergebracht.

Ich hörte denjenigen, den ich meinen Ehemann nannte, in der mir vertrauten Weise ein wenig leichthin lachen, als er von der Art sprach, in welcher der Leichnam vor einem der Reiter mit Riemen festgebunden worden war, und zwar derart, dass es jedem Passanten so schien, als helfe der Mörder in Wahrheit liebevoll einem Kranken. Er wiederholte eine ironische, doppeldeutige Antwort, die er selbst jemandem auf dessen Erkundigung hin gegeben hatte. Er erfreute sich an dem Wortspiel und zollte seiner eigenen Gewitztheit ein wenig Beifall. Und während all dem lagen die bedauernswerten, hilflosen, ausgestreckten Arme des Toten nah bei seinem eleganten Stiefel! Dann bückte sich ein anderer (mein Herz setzte einen Schlag aus!) und hob einen Brief auf, der auf dem Boden lag – einen Brief, der aus Monsieur de Poissys Jackentasche gefallen war – einen Brief von seiner Frau, voll charmanten Liebesgestammels und zärtlicher Koseworte. Dieser wurde laut vorgelesen und mit unanständigen, derben Kommentaren zu jedem Satz versehen, wobei jeder versuchte, seinen Vorredner zu übertrumpfen. Als sie zu einigen reizenden Worten über einen süßen Maurice kamen, ihr kleines Kind, das zusammen mit der Mutter irgendwo zu Besuch war, lachten sie über Monsieur de la Tourelle und sagten ihm, dass er eines Tages solches Weibergeschwätz zu hören bekommen würde. Bis zu diesem Moment hatte ich ihn, glaube ich, nur gefürchtet, aber seine widernatürliche, fast schon grausame Entgegnung brachte mich dazu, ihn sogar noch mehr zu hassen als zu fürchten. Doch jetzt wurden sie ihres primitiven Amüsements überdrüssig; der Wert der Schmuckstücke und der Uhr war geschätzt, das Geld und die Dokumente waren in Augenschein genommen worden; und offenbar bestand die Notwendigkeit, den Leichnam in aller Stille und vor Tagesanbruch zu begraben. Sie hatten es nicht gewagt, ihn dort zu lassen, wo er umgebracht worden war, aus Angst, es könnten Leute vorbeikommen und ihn erkennen und ein großes Geschrei über sie erheben. Denn es klang die ganze Zeit über so, als wären sie stets bestrebt, die Ordnung und Ruhe der unmittelbaren Umgebung von Les Rochers völlig unberührt zu lassen, um den Gendarmen nie Anlass zu einem Besuch zu geben. Sie stritten ein wenig darüber, ob sie noch vor der eiligen Beerdigung über die Galerie in die Speisekammer des Schlosses gehen und ihren Hunger stillen sollten oder erst später. Ich hörte mit begierigem, fieberhaftem Interesse zu, sobald diese Bedeutung ihres Gesprächs mein erhitztes und gepeinigtes Gehirn erreichte, denn zu dem Zeitpunkt schienen sich die von ihnen geäußerten Worte nur mit schrecklicher Gewalt meinem Gedächtnis einzuprägen, sodass ich mich kaum davor bewahren konnte, sie wie ein monotones, klägliches, unbewusstes Echo laut nachzusprechen; doch mein Gehirn war für den Sinn des Gesagten nicht empfänglich, außer wenn mein Name fiel, und dann rührte sich in mir, wie ich annehme, eine Art Selbsterhaltungstrieb und schärfte meine Sinne. Und wie *sehr* ich meine Ohren anstrengte und meine Hände und Gliedmaßen stimulierte, welche begannen, krampfhafte Zuckungen zu zeigen, von denen ich fürchtete, sie könnten mich verraten! Ich nahm jedes ihrer Worte auf und wusste dabei nicht einmal, welchen Vorschlag ich gutheißen sollte, hatte aber das Gefühl, dass, ganz gleich, wofür sie sich letztendlich entscheiden würden, meine einzige Chance zu entkommen näher rückte. Einmal hatte ich Angst, mein Mann würde sein Schlafzimmer aufsuchen, ehe ich diese einzige Chance gehabt hätte, in welchem Fall er höchstwahrscheinlich meine Abwesenheit bemerkt hätte. Er sagte, seine Hände seien schmutzig (ich erschauerte, denn vielleicht klebte das Blut des Toten daran) und er würde sie sich waschen gehen; doch ein rauer Scherz brachte ihn dazu, seine Absicht zu ändern, und er verließ mit den anderen beiden das Zimmer – ging durch die Tür zur Galerie hinaus – ließ mich in der Dunkelheit mit dem erstarrenden Leichnam allein!

Jetzt, jetzt – wenn überhaupt – war meine Zeit gekommen; und doch konnte ich mich nicht rühren. Es waren nicht meine verkrampften und steifen Gelenke, die mich lähmten, es war das Bewusstsein, dass jener tote Mann ganz in meiner Nähe war. Ich bildete mir fast ein – ich bilde mir fast immer noch ein – dass ich hörte, wie sich der Arm, der mir am nächsten war, bewegte, wie er sich erhob, als flehte er noch einmal, und wie er dann in dumpfer Verzweiflung auf den Boden fiel. Als ich mir das einbildete – falls es eine Einbildung war – schrie ich in wahnsinniger Angst laut auf, und der Klang meiner eigenen seltsamen Stimme brach den Bann. Ich zog mich zu der Seite des Tisches, die am weitesten von der Leiche entfernt war, und zwar genauso langsam und vorsichtig, als ob ich mich wirklich vor dem Zupacken jenes bedauernswerten, toten Arms hätte fürchten müssen, der seine Kraft für immer verloren hatte. Ich richtete mich sacht auf, stand, von Übelkeit und Zittern ergriffen, da und hielt mich am Tisch fest, zu benommen, um zu wissen, was ich als Nächstes tun sollte. Ich fiel beinahe in Ohnmacht, als eine leise Stimme sprach – als Amante auf der anderen Seite der Tür flüsterte: »Madame!« Die treue Seele war wachsam gewesen, hatte meinen Schrei gehört, und nachdem sie gesehen hatte, wie die drei Rohlinge die Galerie entlang, die Treppe hinunter und über den Hof zu den Wirtschaftsräumen im anderen Flügel des Schlosses marschiert waren, hatte sie sich zur Tür des Zimmers, in dem ich mich befand, geschlichen. Der Klang ihrer Stimme gab mir Kraft; ich ging geradewegs auf sie zu wie jemand, der in einem öden Moor vom Einbruch der Nacht überrascht worden ist, plötzlich das kleine, beständige Licht wahrnimmt, das von menschlichen Behausungen zeugt, Mut fasst und seine Schritte direkt darauf zu lenkt. Wo ich war, wo diese Stimme war, das wusste ich nicht; aber ich musste zu ihr gehen oder sterben. Kaum, dass die Tür geöffnet war – ich kann nicht sagen, durch wen von uns – fiel ich Amante um den Hals und hielt sie fest, bis meine Hände von der Anspannung der Umklammerung schmerzten. Doch sie sagte kein einziges Wort. Sie hob mich nur mit ihren starken Armen hoch und trug mich in mein Zimmer und legte mich auf mein Bett. Mehr weiß ich nicht; sobald ich dort lag, verlor ich das Bewusstsein; als ich wieder zu mir kam, hatte ich furchtbare Angst, mein Mann könnte bei mir sein, glaubte, er sei im Zimmer, habe sich versteckt und warte darauf, meine ersten Worte zu hören, halte Ausschau nach dem leisesten Hinweis auf das schreckliche Wissen, das ich erlangt hatte, um mich umzubringen. Ich wagte es nicht, schneller zu atmen, ich maß und regulierte jeden schweren Atemzug; noch lange, nachdem ich im Vollbesitz meiner elenden Sinne war, sagte ich weder etwas, noch regte ich mich, noch öffnete ich auch nur die Augen. Ich hörte jemanden leise im Zimmer hin und her gehen, als verfolge er einen Zweck, nicht wie aus Neugier oder um sich die Zeit zu vertreiben; jemand ging im Salon ein und aus; und ich lag immer noch ruhig da und fühlte mich, als wäre der Tod unausweichlich, wünschte mir aber, der Todeskampf sei bereits vorüber. Wieder überkam mich eine Schwäche; doch gerade als ich in das schreckliche Gefühl des Nichtseins hinüberglitt, hörte ich Amantes Stimme nahe bei mir sagen: »Trinken Sie das, Madame, und lassen Sie uns fortgehen. Es ist alles vorbereitet.«

Ich ließ zu, dass sie ihren Arm unter meinen Kopf schob, mich aufrichtete und mir etwas einflößte. Die ganze Zeit über redete sie mit einer ruhigen, bedächtigen Stimme weiter, die anders war als ihre eigene, so nüchtern und gebieterisch; sie sagte mir, dass eine Garnitur ihrer Kleider für mich bereitlag, dass sie selbst so weit verkleidet war, wie die Umstände es ihr erlaubten, dass das, was ich an Lebensmitteln von meinem Abendessen übrig gelassen hatte, in ihren Taschen verstaut war – und so fuhr sie fort, wobei sie sich über kleine, höchst banale Details ausließ, doch nie auch nur für einen Augenblick auf den furchtbaren Grund anspielte, aus dem wir fliehen mussten. Ich hakte nicht nach, woher sie ihn kannte oder wie viel sie wusste. Ich fragte sie weder damals noch zu einem späteren Zeitpunkt, ich hätte es nicht ertragen können – wir schwiegen über unser entsetzliches Geheimnis. Aber ich glaube, sie muss im Ankleidezimmer nebenan gewesen sein und alles gehört haben.

Tatsächlich wagte ich es noch nicht einmal, so mit ihr zu sprechen, als gäbe es in unseren derartigen Vorbereitungen, um das Todeshaus mitten in der Nacht klammheimlich zu verlassen, irgendetwas, das über das alltäglichste Ereignis hinausgegangen wäre. Sie gab mir Anweisungen – kurz und bündig, ohne Gründe zu nennen – wie man sie einem Kind gibt; und wie ein Kind gehorchte ich ihr. Sie ging oft zur Tür und horchte; und ebenso oft ging sie zum Fenster und sah nervös hinaus. Was mich anging, so sah ich nichts als sie, und ich wagte es nicht, meinen Blick auch nur für eine Minute von ihr abschweifen zu lassen; und ich hörte in der tiefen, mitternächtlichen Stille nichts als ihre sachten Bewegungen und das Pochen meines eigenen Herzens. Endlich nahm sie meine Hand und führte mich in die Dunkelheit, durch den Salon, noch einmal auf die schreckliche Galerie, wo die Fenster durch die schwarze Finsternis hindurch blasse, wie Leintücher geformte Geister aus Licht auf den Boden fallen ließen. An Amante geklammert, schritt ich vorwärts, ohne Fragen zu stellen – denn nach der Abschottung in meinem unsäglichen Grauen verkörperte sie für mich menschliches Mitgefühl. Wir gingen weiter und bogen nach links ab statt nach rechts, vorbei an meiner Zimmerflucht, wo die Vergoldungen rot von Blut waren, in jenen unbekannten Flügel des Schlosses, der auf die Hauptstraße hinausging, welche weit unterhalb parallel dazu verlief. Sie leitete mich die Kellerflure entlang, zu denen wir nun hinabgestiegen waren, bis wir zu einer kleinen, offenen Tür kamen, durch welche die Luft recht kühl blies und bewirkte, dass ich mich zum ersten Mal wieder lebendig fühlte. Die Tür führte in eine Art Lagerraum, durch den wir uns zu einer Öffnung hindurchtasteten, welche einem Fenster ähnelte. Jedoch war diese nicht verglast, sondern nur mit Eisenstäben vergittert, von denen zwei lose waren, wie Amante offenbar wusste, denn sie entfernte sie mit der Leichtigkeit eines Menschen, der dies schon häufig getan hatte, und half mir dann, ihr ins Freie zu folgen.

Wir schlichen um das Ende des Gebäudes herum, und als wir um die Ecke bogen – sie voran – fühlte ich, wie sie mich für einen Augenblick fester hielt, und beim nächsten Schritt hörte auch ich Stimmen in der Ferne und Spatenstiche in die schwere Erde, denn die Nacht war sehr mild und still.

Wir hatten kein Wort gesprochen; wir sprachen auch jetzt nicht. Eine Berührung war sicherer und besagte genauso viel. Amante ging bergab in Richtung der Landstraße; ich folgte ihr. Ich kannte den Weg nicht; wir stolperten immer wieder, und ich holte mir viele Schrammen; sie gewiss auch; aber der körperliche Schmerz tat mir gut. Schließlich befanden wir uns auf der ebeneren Bahn der Landstraße.

Ich hatte solches Vertrauen zu ihr, dass ich nicht das Risiko einging, etwas zu sagen, selbst dann nicht, als sie innehielt, wie um zu überlegen, in welche Richtung sie sich wenden sollte. Doch jetzt sprach sie zum ersten Mal: »Woher sind Sie gekommen, als er Sie damals herbrachte?«

Ich wies mit dem Finger – ich konnte nicht sprechen.

Wir schlugen die entgegengesetzte Richtung ein und blieben weiterhin auf der Landstraße. Etwa eine Stunde später strebten wir den Berghang hinauf, kletterten weit nach oben, bevor wir es auch nur wagten, eine Pause einzulegen; wiederum weit hinauf und von dannen, noch ehe die Morgendämmerung vorüber war. Dann sahen wir uns nach einer Stelle um, an der wir rasten und uns verstecken konnten; und jetzt trauten wir uns, im Flüsterton miteinander zu sprechen. Amante erzählte mir, dass sie die Verbindungstür zwischen seinem Schlafzimmer und meinem abgeschlossen hatte; und wie in einem Traum war ich mir dessen bewusst, dass sie den Schlüssel zu der Tür zwischen Letzterem und dem Salon ebenfalls umgedreht und weggebracht hatte.

»Er wird diese Nacht zu beschäftigt gewesen sein, um viel an Sie zu denken – er wird annehmen, dass Sie schlafen – ich werde die Erste sein, die man vermisst; aber sie werden erst in diesen Minuten entdecken, dass wir fehlen.«

Ich erinnere mich, dass mich ihre letzten Worte zu der Bitte bewegten, wir mögen weitergehen; ich hatte das Gefühl, dass wir wertvolle Zeit damit verloren, an Rast oder ein Versteck zu denken; doch sie antwortete mir kaum, so sehr war sie damit beschäftigt, einen Unterschlupf zu suchen. Nach einer Weile gab sie es verzweifelt auf, und wir gingen ein kleines Stück weiter; der Berghang fiel steil ab, und im vollen Licht des Morgens fanden wir uns in einem engen Tal wieder, das von einem kleinen Fluss geformt worden war, der sich seinen Weg hindurchbahnte. Etwa eine Meile flussabwärts stieg der blassblaue Rauch eines Dorfes auf; ganz in der Nähe, jedoch vor unseren Blicken verborgen, peitschte ein Mühlrad das Wasser auf. Indem wir uns im Schutz jedes Baumes oder Busches bewegten, arbeiteten wir uns an der Mühle vorbei nach unten durch, hinunter zu einer Brücke mit einem einzigen Bogen, die zweifellos einen Teil der Straße zwischen dem Dorf und der Mühle bildete.

»Das wird genügen«, sagte sie; und wir krochen in den freien Raum unter dem Brückenbogen, und nachdem wir ein Stückchen an dem groben Mauerwerk hinaufgeklettert waren, setzten wir uns auf einen vorspringenden Sims und kauerten in dem tiefen, klammen Schatten. Amante saß ein wenig höher als ich und hieß mich meinen Kopf auf ihren Schoß legen. Dann gab sie mir zu essen und nahm sich selbst etwas; und indem sie ihren großen, dunklen Umhang ausbreitete, deckte sie jedes Fleckchen an uns ab, das hell herausleuchtete. So saßen wir da, zitternd und fröstelnd, und empfanden trotz allem so etwas wie Erholung, einfach aufgrund der Tatsache, dass wir uns nicht mehr um jeden Preis bewegen mussten und dass während der hellen Stunden des Tages unsere einzige Aussicht auf Sicherheit darin bestand, uns still zu verhalten. Doch der klamme Schatten, in dem wir saßen, war durch den Umstand, dass dort niemals Sonnenlicht hinfiel, schädlich; und ich fürchtete, ich würde, noch ehe die Nacht und die Zeit für körperliche Anstrengung wieder anbrechen sollten, fühlen, wie mich eine Krankheit überkäme. Unsere Unannehmlichkeiten wurden dadurch noch verschlimmert, dass es den ganzen Tag lang geregnet hatte und der Fluss, der von tausend kleinen Bergbächen gespeist wurde, zu einem Strom anzuschwellen begann, der mit einem unablässigen und schwindelerregenden Geräusch über die Steine dahintoste.

Ab und zu wurde ich aus dem quälenden Halbschlaf, in den ich immer wieder fiel, von Hufgetrappel über unseren Köpfen geweckt: mal war es ein schwerfälliges Trampeln wie beim Ziehen einer Last, mal das rasche Klappern eines Galopps, begleitet von Männerstimmen, deren durchdringendere Rufe das Brausen des Wassers übertönten. Endlich neigte sich der Tag. Wir mussten in den Fluss hinunterspringen, der uns bis über die Knie reichte, während wir zum Ufer wateten. Da standen wir, steif und zitternd. Sogar Amante schien der Mut zu verlassen.

»Wir müssen uns für diese Nacht irgendwo einen Unterschlupf suchen«, sagte sie. Denn der Regen fiel in der Tat erbarmungslos vom Himmel. Ich sagte nichts. Ich dachte, wir würden am Ende bestimmt auf irgendeine Weise umkommen; und ich hoffte nur, dass zu unserem Tod nicht noch der Schrecken menschlicher Grausamkeit hinzukommen würde. Nach ungefähr einer Minute hatte sie beschlossen, was sie tun würde. Wir gingen stromaufwärts zu der Mühle. Die vertrauten Geräusche, der Duft des Weizens, das Mehl, das die Wände weiß machte – alles erinnerte mich an zu Hause, und es schien mir, als ob ich mich aus diesem Albtraum freikämpfen und erwachen und mich als glückliches Mädchen am Neckarufer wiederfinden müsste. Drinnen brauchte man lange, um die Tür zu entriegeln, an die Amante geklopft hatte: endlich erkundigte sich eine alte, schwache Stimme, wer da sei und was er wolle? Amante antwortete, zwei Frauen suchten Schutz vor dem Unwetter; doch die alte Frau entgegnete mit argwöhnischem Zögern, sie sei sicher, es sei ein Mann, der da um Obdach bitte, und sie könne uns nicht hereinlassen. Aber schließlich ließ sie sich überzeugen und entriegelte die schwere Tür und ließ uns ein. Sie war keine unfreundliche Frau, doch alle ihre Gedanken drehten sich im Kreis, und dieser bestand darin, dass ihr Dienstherr, der Müller, ihr gesagt hatte, sie dürfe während seiner Abwesenheit unter keinen Umständen einen Mann ins Haus lassen, und dass sie nicht sicher war, ob er zwei

Frauen nicht für genauso schlimm hielte, und dass jedoch, da wir keine Männer seien, niemand behaupten könne, sie habe ihm nicht gehorcht, denn es sei eine Schande, in einer Nacht wie dieser auch nur einen Hund draußen zu lassen. Amante sagte ihr schlagfertig, sie solle niemanden wissen lassen, dass wir in dieser Nacht dort Zuflucht gesucht hätten, dann könne ihr Dienstherr ihr auch keine Vorwürfe machen; und während sie sie solchermaßen eindringlich zur Geheimhaltung als der klügsten Vorgehensweise ermahnte (und dabei ganz andere Leute als den Müller im Sinn hatte), half sie mir eilig aus den nassen Sachen und breitete sie zusammen mit dem braunen Umhang, der uns beide bedeckt hatte, vor dem großen Ofen aus, der dem Zimmer jene wirkungsvolle Wärme verlieh, welche die schwindende Lebenskraft der Greisin erforderlich machte. Die ganze Zeit über erörterte die arme Frau mit sich selbst die Frage, ob sie ihre Anweisungen missachtet hatte, in einer redseligen Art und Weise, die mich sehr um ihre Fähigkeit fürchten ließ, irgendetwas geheim zu halten, falls sie befragt wurde. Wenig später schweifte sie zu einer unnötigen Enthüllung des Aufenthaltsortes ihres Dienstherrn ab: er sei fortgegangen, um bei der Suche seines Verpächters, des Sieur de Poissy, zu helfen, der in dem direkt oberhalb gelegenen Château wohne und der tags zuvor nicht von der Jagd zurückgekehrt sei; daher glaube der Verwaltungsbeamte, es sei ihm ein Unfall zugestoßen, und so habe er die Nachbarn zusammengerufen, um den Wald und den Berghang zu durchkämmen. Sie erzählte uns noch viel mehr und gab uns zu verstehen, dass sie nur zu gern eine Stelle als Wirtschafterin in einem Haushalt annehmen würde, in dem es mehr Bedienstete und weniger zu tun gab, denn ihr Leben hier sei sehr einsam und eintönig, besonders seit der Sohn ihres Dienstherrn weggegangen – in den Krieg gezogen – sei. Dann aß sie ihr Abendbrot, das ihr offensichtlich mit knauseriger Hand zugeteilt worden war, denn sie hatte – selbst wenn es ihr in den Sinn gekommen wäre – nicht genug, um uns etwas anzubieten. Glücklicherweise war Wärme alles, was wir brauchten, und diese kehrte dank Amantes Fürsorge in unsere unterkühlten Körper zurück. Nach dem Abendessen wurde die alte Frau schläfrig; aber es schien ihr nicht wohl zu sein bei dem Gedanken, schlafen zu gehen, solange wir noch im Haus waren. Ja, sie gab uns sogar recht deutlich zu verstehen, dass der Anstand es von uns verlange, wieder in die düstere und stürmische Nacht hinauszugehen; doch wir baten um die Erlaubnis, uns an einem geschützten Ort aufzuhalten; und schließlich kam ihr eine gute Idee, und sie hieß uns eine Leiter zu einer Art Speicher hinaufsteigen, welcher sich über einer Hälfte der erhöhten Mühlenküche erstreckte, in der wir saßen. Wir gehorchten ihr – was hätten wir sonst tun können? – und fanden uns auf einer geräumigen Etage wieder, die keine Schutzvorrichtung oder Wand, Verkleidung oder Brüstung hatte, die uns davor bewahrt hätte, in die Küche hinunterzufallen, falls wir zu nahe an den Rand gegangen wären. Es war tatsächlich der Lagerraum oder Dachboden des Haushalts. Hier befanden sich Stapel von Einstreu, Kisten und Truhen, Säcke für die Mühle, der Wintervorrat an Äpfeln und Nüssen, Bündel von alten Kleidern, zerbrochene Möbel und viele andere Dinge. Kaum waren wir dort oben, da schaffte die alte Frau auch schon die Leiter, über die wir hinaufgestiegen waren, mit einem Kichern fort, als ob sie jetzt sicher gewesen wäre, dass wir nichts anstellen konnten, und setzte sich wieder hin, um einzunicken und auf die Rückkehr ihres Dienstherrn zu warten. Wir zogen etwas von der Streu heraus und legten uns – in unseren getrockneten Kleidern und einigermaßen aufgewärmt – mit Freuden darauf, in der Hoffnung, den Schlaf zu bekommen, den wir als Erfrischung und Vorbereitung für den nächsten Tag so dringend brauchten. Aber ich konnte nicht schlafen, und ich erkannte daran, wie Amante atmete, dass sie ebenfalls wach war. Wir konnten beide durch die Ritzen zwischen den Brettern, die den Fußboden bildeten, in die darunterliegende Küche sehen, die nur zu einem kleinen Teil von der gewöhnlichen Lampe erleuchtet wurde, welche an der gegenüberliegenden Wand bei dem Ofen hing.

Teil III

Als die Nacht bereits weit vorangeschritten war, drangen Stimmen von draußen zu uns in unser Versteck; es klopfte ärgerlich an die Tür, und wir sahen durch die Ritzen, wie sich die alte Frau aus ihrem Schlummer riss, um zu gehen und ihrem Dienstherrn zu öffnen, der daraufhin – offenbar halb betrunken – hereinkam. Zu meinem äußersten Entsetzen folgte ihm Lefebvre, der augenscheinlich so nüchtern und verschlagen wie immer war. Sie redeten beim Hereinkommen miteinander, stritten über etwas; doch der Müller beendete das Gespräch, um die alte Frau wüst zu beschimpfen, weil sie eingeschlafen war, und jagte das arme alte Geschöpf mit trunkenem Zorn und sogar mit Hieben aus der Küche hinaus ins Bett. Dann setzten er und Lefebvre ihr Gespräch fort – über das Verschwinden des Sieur de Poissy. Es hatte den Anschein, dass Lefebvre den ganzen Tag zusammen mit anderen Bediensteten meines Mannes unterwegs gewesen war – vorgeblich, um bei der Suche zu helfen, aller Wahrscheinlichkeit nach jedoch, um zu versuchen, die Gefolgsleute des Sieur de Poissy zu blenden, indem er sie auf eine falsche Fährte führte, und ebenfalls, wie ich aus ein oder zwei schlauen Fragen von Lefebvre schloss, um insgeheim herauszufinden, wo wir waren.

Obwohl der Müller ein Pächter und Lehnsmann des Sieur de Poissy war, wirkte er auf mich, als wäre er den Leuten von Monsieur de la Tourelle sehr viel enger verbunden. Er wusste offenbar zum Teil über das Leben Bescheid, welches Lefebvre und die anderen führten, obgleich ich andererseits nicht annehme, dass er auch nur die Hälfte ihrer Verbrechen kannte oder vermutete; und ich glaube außerdem, dass er ernsthaft daran interessiert war zu ergründen, was seinem Dienstherrn zugestoßen war, und er Lefebvre keineswegs eines Mordes oder einer Gewalttat verdächtigte. Er redete selbst immer weiter und tat alle möglichen Gedanken und Meinungen kund, während Lefebvre ihn mit seinen unter den struppigen Augenbrauen hervorleuchtenden, scharfen Augen beobachtete. Dieser fühlte sich offensichtlich nicht dazu aufgerufen, preiszugeben, dass die Frau seines Dienstherrn aus jener abscheulichen und schrecklichen Höhle entkommen war; doch obwohl er mit keinem Wort auf uns anspielte, war ich dennoch genauso sicher, dass er nach unserem Blut lechzte und uns bei jeder Wendung der Ereignisse auflauerte. Bald darauf stand er auf und verabschiedete sich; und der Müller verriegelte die Tür hinter ihm und taumelte zu seinem Bett. Und dann fielen wir in einen tiefen und langen Schlaf.

Als ich am nächsten Morgen erwachte, sah ich Amante, die sich, auf eine Hand gestützt, halb aufgesetzt hatte und mit angestrengten Augen gespannt in die Küche hinunterstarrte. Ich sah ebenfalls hinunter, und wir beide hörten und sahen den Müller und zwei seiner Männer laut und aufgeregt über die alte Frau sprechen, die nicht wie gewöhnlich erschienen war, um das Feuer im Ofen zu entzünden und das Frühstück für ihren Dienstherrn zuzubereiten, und die jetzt, am späten Vormittag, tot in ihrem Bett aufgefunden worden war – sei es durch die Wirkung der Hiebe ihres Herrn in der vorangegangenen Nacht oder durch eine natürliche Ursache, wer weiß das schon? Der Müller wurde durchaus ein wenig von seinem Gewissen geplagt, würde ich sagen, denn er gab nachdrücklich seine Wertschätzung für seine Haushälterin kund und sagte immer wieder, wie oft sie über das glückliche Leben gesprochen hatte, das sie mit ihm führte. Die Männer mochten ihre Zweifel haben, aber sie wollten dem Müller nicht wehtun, und alle kamen darin überein, dass die nötigen Schritte für eine baldige Beerdigung unternommen werden sollten. Und so gingen sie hinaus und ließen uns in unserem Speicher zurück, und zwar so allein, dass wir es beinahe zum ersten Mal wagten, frei zu sprechen, wenn auch immer noch mit gedämpfter Stimme und ständig innehaltend, um zu lauschen. Amante sah den ganzen Vorfall in einem positiveren Licht als ich. Sie sagte, dass wir an jenem Morgen hätten aufbrechen müssen, wenn die alte Frau noch am Leben wäre, und dass *dieser* Aufbruch in aller Stille das Beste sei, worauf wir hätten hoffen können, da die Haushälterin ihrem Herrn höchstwahrscheinlich von uns und unserem Ruheplatz erzählt hätte und diese Tatsache früher oder später jenen angetragen worden wäre, vor denen wir sie am meisten geheim halten wollten – nun aber hätten wir Zeit zum Ausruhen und einen Unterschlupf, in dem wir uns ausruhen konnten, während der ersten fieberhaften Verfolgung, von der wir mit tödlicher Gewissheit wussten, dass sie durchgeführt wurde. Die Überbleibsel unserer Lebensmittel und die gelagerten Früchte würden uns ernähren; das Einzige, was zu befürchten stand, war, dass etwas aus dem Speicher benötigt werden und der Müller oder jemand anderes hinaufsteigen und danach suchen könnte. Doch selbst dann könnte, wenn wir die Kisten und Truhen ein wenig umstellten, ein Teil derart in Schatten gehüllt werden, dass wir uns den Blicken würden entziehen können. All das tröstete mich ein bisschen; aber, so fragte ich, wie sollten wir je entkommen? Die Leiter, die unsere einzige Möglichkeit darstellte, nach unten zu gelangen, sei fortgeschafft worden. Doch Amante erwiderte, sie könne aus dem Seil, das zusammengerollt zwischen anderen Dingen lag, eine Leiter fertigen, die uns genügen würde, um uns die gut drei Meter hinunterzulassen – mit dem Vorteil, dass sie transportabel sei, sodass wir sie würden mitnehmen und dadurch würden gänzlich verheimlichen können, dass sich je ein Mensch im Speicher versteckt hatte.

Während der beiden Tage, die vergingen, bevor wir dann flohen, nutzte Amante ihre Zeit sehr sinnvoll. Sie sah in jede Kiste und Truhe, wenn der Müller bei seiner Arbeit war; und als sie in einer Kiste eine alte Garnitur Männerkleidung fand, die wahrscheinlich dem abwesenden Sohn des Müllers gehört hatte, zog sie sie an, um zu sehen, ob sie ihr passte; und als sie feststellte, dass dem so war, schnitt sie ihr eigenes Haar so kurz wie das eines Mannes, ließ mich ihre schwarzen Augenbrauen so stark kürzen, als ob sie abrasiert worden wären, und indem sie alte Korken in Stücke schnitt, die in ihre Wangen passten, veränderte sie damit sowohl ihre Gesichtsform als auch ihre Stimme in einem Maß, das ich nicht für möglich gehalten hätte.

Diese ganze Zeit über lag ich wie benommen da; mein Körper ruhte sich aus und kam wieder zu Kräften, doch ich selbst befand mich in einem fast schon schwachsinnigen Zustand – sonst hätte ich gewiss nicht das alberne Interesse empfinden können, das ich nach meiner Erinnerung an sämtlichen energischen Maßnahmen Amantes für ihre Verkleidung hatte. Es ist mir noch ganz klar im Gedächtnis, wie einmal das Gefühl eines Lächelns mein starres Gesicht überkam, als sich eine neue Anwendung ihrer Erfindungsgabe als erfolgreich erwies.

Aber als es auf den zweiten Tag zuging, verlangte sie auch von mir eine Anstrengung; und dann kam meine ganze tiefe Verzweiflung zurück. Ich ließ sie mein blondes Haar und meinen hellen Teint mit den verfallenden Schalen der gelagerten Walnüsse färben, ich ließ sie mir die Zähne schwärzen und brach mir sogar freiwillig ein Stück von einem Schneidezahn ab, um meine Tarnung noch wirkungsvoller zu machen. Doch bei all dem hatte ich keine Hoffnung, meinem schrecklichen Ehemann zu entgehen.

Am dritten Abend waren die Beerdigung vorüber, das Trinken beendet, die Gäste gegangen – der Müller von seinen Männern zu Bett gebracht, da er zu betrunken war, um sich selbst zu helfen. Sie verweilten ein wenig in der Küche, redeten und lachten über die neue Haushälterin, die wahrscheinlich kommen würde; und dann gingen auch sie und machten die Türe zu, schlossen sie aber nicht ab. Alles verlief zu unseren Gunsten. Amante hatte in einer der beiden vorangegangenen Nächte ihre Strickleiter ausprobiert und konnte sie durch eine geschickte Wurfbewegung von unten von dem Haken, an dem sie befestigt war, losmachen, nachdem sie ihren Dienst getan hatte. Amante schnürte wertlose, alte Kleider zu einem Bündel zusammen, damit wir dem Bild eines fahrenden Händlers und seiner Frau noch besser entsprachen; sie stopfte sich etwas als Buckel auf den Rücken, sie machte meine Gestalt dicker, sie ließ ihre eigenen Kleider tief unter einem Haufen anderer in der Truhe zurück, aus der sie die Männerkleidung genommen hatte, welche sie trug; und mit ein paar Francs in ihrer Tasche – dem einzigen Geld, das wir insgesamt bei uns gehabt hatten, als wir geflohen waren – ließen wir uns an der Strickleiter hinunter, lösten sie vom Haken und gingen wieder in die kalte Dunkelheit der Nacht hinaus.

Wir hatten über die Route, die wir am besten nehmen sollten, diskutiert, während wir in unserem Speicher versteckt lagen. Amante hatte mir da gesagt, dass der Grund, warum sie gefragt hatte, als wir Les Rochers verließen, über welche Straße ich damals dorthin gebracht worden war, darin liege, dass sie der Verfolgung ausweichen wollte, von der sie sicher war, dass sie zuerst in Richtung Deutschland aufgenommen werden würde, dass sie nun aber denke, wir könnten zu jenem Landesteil zurückkehren, in dem meine deutsche Art, Französisch zu sprechen, am wenigsten Aufmerksamkeit erregen würde. Ich war der Ansicht, Amante habe selbst einen etwas seltsamen Akzent, über den ich Monsieur de la Tourelle als »normannischen Dialekt« spötteln gehört hatte; doch abgesehen von meiner Zustimmung zu ihrem Vorschlag, wir sollten unsere Schritte nach Deutschland lenken, sagte ich kein Wort. Wenn wir erst einmal dort waren, würden wir, so glaubte ich, sicher sein. Ach! Ich vergaß die aufständische Zeit, die sich in ganz Europa ausbreitete, sämtliche Gesetze umstieß und all den Schutz, den Gesetze gewähren.

Wie wir wanderten – ohne es zu wagen, uns nach dem Weg zu erkundigen – wie wir lebten, wie wir uns durch so manche Gefahr und noch mehr Ängste vor Gefahren hindurchkämpften, das werde ich Dir jetzt nicht erzählen. Ich werde Dir nur von zweien unserer Abenteuer auf dem Weg nach Frankfurt berichten. Das erste war, obwohl es für eine unschuldige Dame tödlich ausging, meiner Ansicht nach dennoch die Ursache für meine Sicherheit; das zweite werde ich Dir erzählen, damit Du verstehen kannst, warum ich nicht zu meinem früheren Zuhause zurückgekehrt bin, wie ich es zu tun gehofft hatte, als wir im Speicher des Müllers lagen und ich zum ersten Mal dazu imstande war, mir eine vage Vorstellung davon zu machen, wie mein zukünftiges Leben aussehen könnte. Ich kann Dir nicht sagen, wie stark meine Freundschaft zu Amante in diesen Ungewissheiten und Wanderungen wurde! Ich habe seither manchmal gefürchtet, dass sie mir nur etwas bedeutete, weil sie für meine eigene Sicherheit so wichtig war. Aber nein! Es war nicht so –

oder zumindest nicht ausschließlich oder hauptsächlich so. Sie sagte einmal, dass sie fliehe, um ihr eigenes Leben wie auch meines zu retten; doch wir wagten es nicht, viel über unsere Gefahr oder über die Schrecken zu sprechen, die vorangegangen waren. Wir planten ein wenig, wie es mit uns in Zukunft weitergehen sollte; doch selbst dafür sahen wir nicht weit voraus – wie hätten wir das tun können, wo wir an jedem Tag kaum wussten, ob wir die Sonne untergehen sehen würden? Denn Amante wusste oder erahnte viel mehr als ich von der Grausamkeit der Bande, zu der Monsieur de la Tourelle gehörte; und von Zeit zu Zeit, gerade wenn wir in die Ruhe der Sicherheit hinabzusinken schienen, stießen wir auf Spuren davon, dass man uns in alle Himmelsrichtungen verfolgte. Einmal, erinnere ich mich – wir müssen fast drei Wochen lang erschöpft über wenig frequentierte Wege gegangen sein, Tag für Tag, ohne uns zu trauen, nach unserem jeweiligen Aufenthaltsort zu fragen oder so zu wirken, als würden wir ziellos umherirren – kamen wir an eine Schmiede, die einsam an der Landstraße gelegen war. Ich war so müde, dass Amante erklärte, wir würden unter allen Umständen die ganze Nacht dort bleiben; und demgemäß betrat sie das Haus und behauptete kühn, sie sei ein fahrender Schneider und bereit, jede Art von Arbeit zu erledigen, die getan werden müsse, wenn sie und ihre Ehefrau als Gegenleistung Essen und Unterkunft für eine Nacht bekämen. Sie hatte diese Vorgehensweise bereits ein- oder zweimal angewendet und damit Erfolg gehabt, denn ihr Vater war in Rouen ein Schneider gewesen, und als Mädchen hatte sie ihm oft bei seiner Arbeit geholfen, und sie kannte den Jargon und die Gepflogenheiten der Schneider bis hin zu dem besonderen Pfiff und Ruf, die in Frankreich Angehörigen desselben Handwerks so viel sagen. In dieser Schmiede gab es, wie in den meisten anderen abgelegenen Häusern weit entfernt von einer Stadt, nicht nur einen Stapel Männerkleidung, die zum Ausbessern beiseite gelegt worden war, bis die Hausfrau die Zeit dazu aufbringen würde, sondern auch ein natürliches Verlangen nach Neuigkeiten aus der Ferne, solchen Neuigkeiten, wie sie ein fahrender Schneider ganz bestimmt mitbringen würde. Der frühe Novembernachmittag ging langsam in den Abend über, als wir uns in der Küche des Schmieds hinsetzten: sie saß im Schneidersitz auf dem großen Tisch, der nahe ans Fenster gezogen worden war, ich saß dicht hinter ihr, nähte an einem anderen Teil desselben Kleidungsstücks und wurde ab und zu von meinem vermeintlichen Ehemann ordentlich getadelt. Auf einmal wandte sie sich zu mir um, um mir etwas zu sagen. Es war nur ein Wort: »Courage!«[6] Ich hatte nichts gesehen, ich saß nicht im Licht; aber mir wurde einen Augenblick lang übel, und dann ermannte ich mich zu einer seltsamen Kraft, um das durchzustehen, was da vor mir liegen mochte.

Die Esse des Schmieds befand sich in einem Schuppen neben dem Haus, mit der Stirnseite zur Straße. Ich hörte, wie die Hämmer aufhörten, ihren beständigen Rhythmus zu schlagen. Amante hatte gesehen, warum sie ruhten. Ein Mann war zur Schmiede geritten und abgesessen und hatte sein Pferd hineingeführt, um es neu beschlagen zu lassen. Der ausgedehnte, rote Schein des Essenfeuers hatte Amante das Gesicht des Reiters offenbart, und sie ahnte das voraus, was sich in der Folge tatsächlich ereignete.

Nachdem der Reiter ein paar Worte mit dem Schmied gewechselt hatte, wurde er von diesem ins Haus geleitet, wo wir saßen.

»Komm, mein gutes Weib, einen Becher Wein und etwas Gebäck für diesen Herrn!«

»Irgendetwas, ganz gleich, was, Madame, das ich aus der Hand essen und trinken kann, während mein Pferd beschlagen wird. Ich bin in Eile und muss noch heute Abend weiter nach Forbach.«

Die Frau des Schmieds entzündete ihre Lampe; Amante hatte sie fünf Minuten vorher darum gebeten. Wie dankbar wir waren, dass sie unserer Bitte nicht rascher nachgekommen war! So kam es nun, dass wir im Schatten der Dämmerung saßen und vorgaben, fleißig weiterzunähen, obwohl wir kaum etwas sehen konnten. Die Lampe wurde auf den Ofen gestellt, bei dem mein Ehemann – denn er war es – stand und sich wärmte. Bald darauf drehte er sich um und ließ den Blick durchs ganze Zimmer wandern, wobei er uns mit ungefähr demselben Maß an Interesse wahrnahm wie die unbelebten Möbel. Amante, die, ihm zugewandt, im Schneidersitz dasaß, beugte sich über ihre Arbeit und pfiff dabei fortwährend leise. Er drehte sich wieder zum Ofen hin und rieb sich ungeduldig die Hände. Er hatte seinen Wein und sein Gebäck verzehrt und wollte aufbrechen.

»Ich bin in Eile, gute Frau. Bitten Sie Ihren Mann, schneller zu arbeiten. Ich werde ihm das Doppelte bezahlen, wenn er sich beeilt.«

Die Frau ging hinaus, um seiner Aufforderung nachzukommen; und er wandte sich wieder zu uns um. Amante fuhr mit dem zweiten Teil des Liedes fort. Er stimmte ein und pfiff einen Augenblick lang die zweite Stimme, und als dann die Frau des Schmieds wieder hereinkam, ging er auf sie zu, wie um ihre Antwort schneller zu erhalten.

»Noch einen Moment, Monsieur – nur einen Moment. An dem lockeren vorderen Hufeisen hat ein Nagel gefehlt, den mein Mann gerade ersetzt; es würde Monsieur nur nochmals aufhalten, wenn dieses Eisen auch abginge.«

»Madame haben Recht«, sagte er, »aber die Zeit drängt. Wenn Madame meine Gründe kennen würden, dann würden Sie mir meine Ungeduld verzeihen. Einst ein glücklicher Ehemann, jetzt ein verlassener und betrogener

Mann, verfolge ich meine Frau, die ich mit meiner Liebe überschüttete, die mein Vertrauen jedoch missbrauchte und aus meinem Hause floh, zweifellos zu einem Liebhaber; und sie nahm allen Schmuck und alles Geld mit, das sie in die Hände bekommen konnte. Es ist möglich, dass Madame etwas von ihr gehört oder gesehen haben; auf ihrer Flucht wurde sie von einer niederträchtigen, liederlichen Frau aus Paris begleitet, die ich Unglückseliger selbst als Kammerzofe für meine Frau eingestellt hatte, ohne mir träumen zu lassen, welche Verderbnis ich in mein Hause brachte!«

»Ist denn das die Möglichkeit?« sagte die gute Frau und schlug die Hände über dem Kopf zusammen.

Amante pfiff aus Respekt vor der Unterhaltung ein wenig leiser weiter.

»Ich bin den bösen Flüchtigen jedoch auf der Spur; ich bin ihnen auf den Fersen«, (und das schöne Gesicht mit den weiblichen Zügen sah so wild aus wie das eines Dämons). »Sie werden mir nicht entkommen; doch jede Minute ist qualvoll für mich, bis ich meiner Frau gegenüberstehe. Madame haben doch gewiss Mitgefühl?«

Er verzog sein Gesicht zu einem harten, unnatürlichen Lächeln, und dann gingen beide zur Esse hinaus, als ob sie den Schmied erneut zur Eile antreiben wollten.

Amante hörte einen Augenblick zu pfeifen auf.

»Machen Sie genauso weiter, ohne auch nur mit der Wimper zu zucken; in ein paar Minuten ist er fort, und es wird vorbei sein!«

Diese Warnung war notwendig, denn ich war kurz davor, den Mut zu verlieren und ihr kraftlos um den Hals zu fallen. Wir machten weiter: sie pfeifend und stopfend, ich scheinbar nähend. Und es war gut, dass wir das taten, denn fast unmittelbar darauf kam er zurück, um seine Gerte zu holen, die er hingelegt und vergessen hatte; und wieder spürte ich einen jener scharfen, rasch umherschweifenden

Blicke, die durch das ganze Zimmer gesandt wurden und alles erfassten.

Dann hörten wir ihn wegreiten; und daraufhin – es war längst zu dunkel, um gut sehen zu können – ließ ich meine Arbeit fallen und ergab mich meinem Zittern und Frösteln. Die Frau des Schmieds kam zurück. Sie war eine gute Seele. Amante sagte ihr, ich friere und sei erschöpft, und *sie* bestand darauf, dass ich mit meiner Arbeit aufhörte und mich an den Ofen setzte; gleichzeitig beeilte sie sich mit ihren Vorbereitungen für das Abendessen, das uns zu Ehren und dank Monsieurs großzügiger Bezahlung etwas weniger karg ausfallen sollte als gewöhnlich. Es war gut für mich, dass sie mich ein bisschen von der Cidre-Suppe probieren ließ, die sie zubereitete, sonst hätte ich nicht durchhalten können – trotz Amantes warnenden Blicks und der Erinnerung an ihre häufigen Ermahnungen, uns eisern entsprechend der Rollen, in die wir geschlüpft waren, zu verhalten, was auch immer geschah. Um meine Aufregung zu überspielen, hörte Amante mit dem Pfeifen auf und begann zu reden; und bis der Schmied hereinkam, war die Unterhaltung zwischen ihr und der guten Frau des Hauses in vollem Gange. Er fing sogleich von dem gut aussehenden Herrn an, der ihn so reichlich bezahlt hatte; dieser hatte sein ganzes Mitgefühl, und sowohl er als auch seine Frau wünschten ihm nur, dass er seine böse Ehefrau einholen und bestrafen könne, wie sie es verdiene. Danach nahm das Gespräch eine Wendung, wie sie bei jenen, deren Leben ruhig und eintönig verläuft, nicht selten vorkommt; jeder schien mit dem anderen darin zu wetteifern, von irgendeinem Grauen zu erzählen; und die wilde und geheimnisvolle Räuberbande, welche die Chauffeurs genannt wurde und, mit Schinderhannes an der Spitze, alle zum Rhein führenden Straßen heimsuchte, lieferte so manche Geschichte, die mir das Blut in den Adern gefrieren und sogar Amantes Beredsamkeit versiegen ließ. Sie riss die Augen auf und blickte wild drein, ihre Wangen wurden bleich, und dieses eine Mal sah sie hilfesuchend zu mir herüber. Dieser neue Appell an mich rüttelte mich auf. Ich erhob mich und sagte, dass mein Mann und ich mit ihrer Erlaubnis zu Bett gehen würden, denn wir seien weit gereist und stünden immer früh auf. Ich fügte hinzu, dass wir beizeiten aufstehen und unsere Arbeit fertigstellen würden. Der Schmied sagte, wir müssten in der Tat Frühaufsteher sein, wenn wir vor ihm auf sein wollten; und seine gute Frau befürwortete meinen Vorschlag sogleich freundlich und nachdrücklich. Noch eine solche Geschichte, wie die beiden sie erzählt hatten, und ich glaube, Amante wäre in Ohnmacht gefallen.

So aber stellte die Nachtruhe sie wieder her; wir standen früh auf, beendeten unsere Arbeit und durften am üppigen Frühstück der Familie teilhaben. Dann mussten wir wieder aufbrechen und wussten nur, dass wir nicht nach Forbach gehen durften, glaubten aber – was auch stimmte – dass Forbach zwischen uns und jenem Deutschland lag, auf das wir zusteuerten. Zwei Tage lang wanderten wir weiter, wobei wir, wie ich vermute, im Kreis gingen und wieder auf die Straße nach Forbach gelangten – ein oder zwei Wegstunden näher an jener Stadt als das Haus des Schmieds. Da wir aber nie nachfragten, wusste ich kaum, wo wir waren, als wir eines Abends in einer Kleinstadt ankamen, in deren Hauptstraße – genau in der Mitte – ein guter, großer, weitläufiger Gasthof lag. Allmählich hatten wir das Gefühl bekommen, dass uns die Städte mehr Sicherheit boten als die Einsamkeit der ländlichen Gegenden. Da wir wenige Tage zuvor einen meiner Ringe an einen fahrenden Juwelier verkauft hatten, der zu froh darüber war, ihn weit unter seinem wahren Wert zu erstehen, um sich lange danach zu erkundigen, wie das Schmuckstück denn in den Besitz eines armen, erwerbstätigen Schneiders gekommen sei (wie Amante es zu sein schien), beschlossen wir, die ganze Nacht in diesem Gasthof zu verbringen und nach Möglichkeit jene Art von Einzelheiten und Informationen zu sammeln, an denen wir unseren weiteren Kurs ausrichten konnten.

Wir aßen in der dunkelsten Ecke des Salle-à-manger[7] zu Abend, nachdem wir zuvor den Preis für ein kleines Schlafzimmer ausgehandelt hatten, das auf der anderen Seite des Hofs über den Ställen lag. Wir hatten Nahrung bitter nötig, doch wir nahmen unsere Mahlzeit hastig ein, aus Angst, den Speisesaal könnte jemand betreten, der uns vielleicht erkennen würde. Als wir mitten in unserer Mahlzeit waren, fuhr die Postkutsche rumpelnd in der Toreinfahrt vor und setzte ihre Passagiere frei. Die meisten von ihnen bogen in den Raum ab, in dem wir geduckt und furchtsam saßen, weil sich die Tür gegenüber dem Pförtnerhäuschen befand und beide in einer Flucht mit dem auf breiter Front vergitterten Zugang von der Straße lagen. Zusammen mit den anderen Passagieren kam eine blonde, junge Dame in Begleitung einer betagten französischen Zofe herein. Das arme junge Ding warf den Kopf in den Nacken, schauderte vor dem ordinären Raum zurück, der voll übler Gerüche und bunt durcheinandergewürfelter Gesellschaft war, und verlangte in deutschem Französisch, zu Privatgemächern gebracht zu werden. Es kam uns zu Ohren, dass sie und ihre Kammerfrau im Coupé[8] angereist waren und dass sie – wahrscheinlich aus Stolz, die arme junge Dame! – jeglichen Kontakt mit ihren Mitreisenden vermieden und dadurch deren Abneigung und Spott auf sich gezogen hatte. Alle diese aufgeschnappten Details bekamen später für uns eine Bedeutung, wenngleich zu dem Zeitpunkt die einzige Bemerkung, die einen Hinweis auf die Zukunft gab, Amantes geflüsterte Feststellung war, dass das Haar der jungen Dame genau dieselbe Farbe hatte wie meines, welches sie abgeschnitten und im Ofen der Mühlenküche verbrannt hatte, als sie einmal aus unserem Versteck im Speicher hinuntergestiegen war.

Sobald wir konnten, gingen wir im Schatten außen herum und ließen die übrigen Reisenden in ihrer fröhlichen und ausgelassenen Stimmung mit ihrem Abendessen allein. Wir überquerten den Hof, liehen uns vom Stallknecht eine Laterne und kletterten die grobe Leiter zu unserer Kammer über dem Stall hinauf. Diese hatte keine Tür; die Öffnung, in die die Leiter passte, stellte den Eingang dar. Das Fenster ging auf den Hof hinaus. Wir waren müde und schliefen bald ein. Ich wurde durch ein Geräusch unten im Stall geweckt. Nach einem Moment des Lauschens weckte ich sogleich Amante, wobei ich ihr eine Hand auf den Mund legte, um zu verhindern, dass ihr im Halbschlaf ein Laut entfuhr. Wir hörten, wie mein Mann mit dem Stallknecht über sein Pferd sprach. Es war seine Stimme. Ich bin mir dessen sicher. Amante sagte das auch. Wir wagten es nicht, aufzustehen und uns davon zu überzeugen. Etwa fünf Minuten lang fuhr er damit fort, Anweisungen zu erteilen. Dann verließ er den Stall, und wir stahlen uns leise zu unserem Fenster und sahen, wie er den Hof überquerte und wieder in den Gasthof ging. Wir berieten darüber, was wir tun sollten. Wir fürchteten, wir würden Anlass zu Bemerkungen geben oder Verdacht erregen, wenn wir hinabsteigen und unsere Kammer hinter uns lassen würden, ansonsten hätte am meisten für eine sofortige Flucht gesprochen. Dann ging der Stallknecht hinaus und verschloss die Tür von außen.

»Wir müssen versuchen, uns durch das Fenster hinunterzulassen – wenn es überhaupt eine gute Idee ist, fortzugehen«, sagte Amante.

Mit dem Nachdenken kam die Weisheit. Wir würden Verdacht erregen, wenn wir aufbrächen, ohne unsere Rechnung zu bezahlen. Wir waren zu Fuß unterwegs und konnten leicht verfolgt werden. Und so saßen wir redend und fröstelnd auf der Kante unseres Betts, während das fröhliche Gelächter über den Hof zu uns drang und sich die Gesellschaft langsam zerstreute und ihre Lichter an den Fenstern vorbeihuschten, wie sie, einer nach dem anderen, hinaufgingen und sich zur Ruhe begaben.

Wir krochen in unser Bett, hielten uns gegenseitig fest und horchten auf jedes Geräusch, als ob wir geglaubt hätten, jemand sei uns auf der Spur und wir könnten jeden Moment dem Tod ins Auge sehen. Mitten in der Nacht, gerade während jener tiefen Stille, die dem Wechsel zu einem neuen Tag vorausgeht, hörten wir Schritte leise und vorsichtig den Hof überqueren. Der Schlüssel der Stalltür wurde im Schloss gedreht – jemand betrat den Stall – wir spürten ihn dort mehr, als dass wir ihn hörten. Ein Pferd schreckte ein wenig hoch und trat unruhig auf der Stelle, dann wieherte es erkennend. Derjenige, der hereingekommen war, beruhigte das Tier mit zwei oder drei gedämpften Lauten und führte es dann in den Hof. Amante schnellte mit den geräuschlosen Bewegungen einer Katze zum Fenster. Sie sah hinaus, wagte aber kein Wort zu sagen. Wir hörten, wie sich das große Tor zur Straße öffnete – eine Pause während des Aufsitzens – und das Hufgeklapper des Pferdes verlor sich in der Ferne.

Dann kam Amante zu mir zurück. »Er *war* es! Er ist fort!« sagte sie, und wir legten uns erneut zitternd und bebend hin.

Dieses Mal fielen wir in einen tiefen Schlaf. Wir schliefen lang, bis weit in den Vormittag hinein. Geweckt wurden wir von vielen raschen Schritten und einem Gewirr aus zahlreichen Stimmen; alle Welt schien wach und auf den Beinen zu sein. Wir standen auf und zogen uns an; und als wir herunterkamen, sahen wir uns in der Menge um, die sich im Hof versammelt hatte, ehe wir den Schutz des Stalls verließen, um uns zu versichern, dass *er* nicht dort war.

Im selben Augenblick, in dem man uns sah, stürzten zwei oder drei Leute auf uns zu.

»Haben Sie davon gehört? – Wissen Sie es? – Diese arme junge Dame – oh, kommen Sie und sehen Sie selbst!« Und damit eilten sie mit uns, beinahe gegen unseren Willen, über den Hof und die große, offene Treppe im Hauptgebäude des Gasthofs hinauf und in ein Schlafzimmer, in dem die schöne, junge, deutsche Dame lag – am Abend zuvor noch so voll graziösen Stolzes, jetzt weiß und reglos im Tod! Neben ihr stand weinend und gestikulierend die französische Kammerzofe.

»Oh, Madame! Wenn Sie es mir nur erlaubt hätten, bei Ihnen zu bleiben! Oh! Der Baron – was wird er sagen?« und in dieser Weise fuhr sie fort. Ihr Zustand war gerade erst entdeckt worden; bis vor wenigen Minuten hatte man angenommen, sie sei übermüdet und schlafe sich aus. Man hatte nach dem Chirurgen der Stadt geschickt, und der Gastwirt versuchte vergebens, für Ordnung zu sorgen, bis dieser kommen würde, trank von Zeit zu Zeit ein Gläschen Branntwein und bot auch den Gästen welchen an, die alle dort versammelt waren – genauso, wie die Bediensteten es im Hof taten.

Endlich traf der Chirurg ein. Alle wichen zurück und hingen an seinen Lippen.

»Sehen Sie!« sagte der Gastwirt. »Diese Dame kam gestern Abend gemeinsam mit ihrer Kammerfrau in der Postkutsche her. Zweifellos eine vornehme Dame, denn sie musste ein eigenes Wohnzimmer haben –«

»Sie war Frau Baronin de Rœder«, sagte die französische Zofe.

»– und war schwer zufriedenzustellen, was Abendessen und Schlafzimmer anging. Sie war wohlauf, wenn auch sehr müde, als sie zu Bett ging. Ihre Kammerfrau ließ sie allein –«

»Ich bat sie um die Erlaubnis, in ihrem Zimmer schlafen zu dürfen, da wir uns in einem fremden Gasthof befanden, über dessen Ruf wir nichts wussten; doch sie wollte es mir nicht erlauben, solch eine feine Dame war meine Herrin.«

»– und schlief bei meinen Bediensteten«, fuhr der Gastwirt fort. »Heute Morgen dachten wir, Madame schlummere noch; doch als es acht, neun, zehn und fast schon elf Uhr wurde, sagte ich ihrer Kammerfrau, sie solle meinen Generalschlüssel nehmen und in ihr Zimmer gehen –«

»Die Tür war nicht abgeschlossen, nur eingeklinkt. Und hier fand ich sie – tot, nicht wahr, Monsieur? – das Gesicht auf dem Kissen und das schöne Haar ganz wild und wirr; sie ließ mich es ihr nie zusammenbinden, weil sie sagte, sie bekäme davon Kopfschmerzen. Solches Haar!« sagte die Zofe, hob eine lange, goldene Strähne hoch und ließ sie wieder fallen.

Ich erinnerte mich an das, was Amante am Abend zuvor gesagt hatte, und drängte mich nahe an sie heran.

Währenddessen untersuchte der Arzt den Leichnam unter dem Bettzeug, das auf Geheiß des Gastwirts bis dahin unberührt geblieben war. Der Chirurg zog seine Hand, ganz und gar blutverschmiert, hervor und hielt ein kurzes, scharfes Messer in die Höhe, an dem ein Stück Papier befestigt war.

»Hier war ein Täter am Werk«, sagte er. »Die verstorbene Dame ist ermordet worden. Dieser Dolch wurde direkt auf ihr Herz gerichtet.« Dann setzte er seine Brille auf und las die Worte auf dem blutigen Papier vor, wenngleich sie undeutlich und auf schreckliche Weise verschwommen waren:

Numéro un. Ainsi les Chauffeurs se vengent.[9]

»Lassen Sie uns gehen!« sagte ich zu Amante. »Oh, verlassen wir diesen furchtbaren Ort!«

»Warten Sie ein wenig!« sagte sie. »Nur noch ein paar Minuten. Das wird besser sein.«

Sofort taten die Stimmen aller ihre Verdächtigungen in Bezug auf den vornehmen Herrn zu Pferde kund, der am Vorabend als Letzter angekommen war. Er habe, sagten sie, so viele Erkundigungen über die junge Dame eingezogen, über deren hochmütiges Verhalten alle im Salle-à-manger bei seinem Eintreten diskutiert hatten. Sie hatten über sie geredet, als wir den Saal verließen; er musste gleich danach hereingekommen sein, und erst, nachdem er alles über sie erfahren hatte, hatte er die Angelegenheit erwähnt, die seine Abreise bei Tagesanbruch erforderte, und sowohl mit dem Gastwirt als auch mit dem Stallknecht vereinbart, dass er die Schlüssel für den Stall und die Toreinfahrt bekommen sollte. Kurzum gab es keine Zweifel, wer der Mörder war, noch ehe der Gerichtsbeamte eintraf, den der Chirurg hatte rufen lassen; doch das Wort auf dem Zettel ließ jedermann vor Grauen erzittern. Die Chauffeurs – wer waren sie? Keiner wusste es; ein Bandenmitglied hätte sich in dem Moment im Zimmer befinden und lauschen können, um sich neue Racheopfer zu notieren. In Deutschland hatte ich nur wenig über diese schreckliche Räuberbande gehört, und ich hatte den Geschichten, die ein- oder zweimal in Karlsruhe über sie erzählt worden waren, nicht *mehr* Beachtung geschenkt, als man sie Märchen von Menschenfressern schenkt. Aber hier, wo sie ihr Unwesen trieb, lernte ich das ganze Ausmaß des Schreckens kennen, den sie den Menschen einflößte. Niemand wollte die rechtliche Verantwortung für die Beweisstücke übernehmen, die den Mörder belasteten. Der Staatsanwalt schreckte vor den Pflichten seines Amtes zurück. Was soll ich sagen? Weder Amante noch ich, die wir weit mehr über die tatsächliche Schuld des

78

Mannes wussten, der diese arme junge Dame im Schlaf getötet hatte, wagte es, irgendeine Andeutung zu machen. Wir erweckten den Anschein, als wüssten wir überhaupt nichts von alledem: wir, die wir so viel zu berichten gehabt hätten! Doch wie hätten wir das tun können? Wir waren völlig zermürbt von der furchtbaren Angst und Erschöpfung, von dem Wissen, dass wir mehr als alle anderen Todgeweihte waren – und dass das Blut, das reichlich von den Laken auf den Boden tropfte, derart der armen Toten entströmte, weil sie in lebendigem Zustand mit mir verwechselt worden war.

Endlich ging Amante zu dem Gastwirt und bat um die Erlaubnis, seinen Gasthof zu verlassen, und zwar in aller Offenheit und Bescheidenheit, um weder Unwillen noch Verdacht zu erregen. Der Verdacht ging in der Tat in eine ganz andere Richtung, und der Gastwirt gab bereitwillig sein Einverständnis zu unserem Aufbruch. Ein paar Tage später waren wir auf der andere Seite des Rheins, in Deutschland, und auf dem Weg nach Frankfurt, wobei wir aber unsere Tarnung aufrechterhielten und Amante immer noch ihr Handwerk ausübte.

Unterwegs begegneten wir einem jungen Mann, einem Heidelberger Handwerksburschen auf Wanderschaft. Ich kannte ihn, entschied mich jedoch dagegen, mich ihm zu erkennen zu geben. Ich fragte ihn so beiläufig wie möglich, wie es dem alten Müller jetzt gehe? Er sagte mir, er sei tot. Diese Verwirklichung der schlimmsten Befürchtungen, die das lange Schweigen meines Vaters ausgelöst hatte, versetzte mir einen unbeschreiblichen Schock. Es schien, als würde alles, was mir Halt gegeben hatte, plötzlich unter mir zusammenbrechen. Ich hatte just an diesem Tag mit Amante über die Sicherheit und Behaglichkeit des Heims gesprochen, das sie im Haus meines Vaters erwartete – über die Dankbarkeit, die der alte Mann ihr gegenüber empfinden würde – und wie sie dort, in jener friedlichen Behausung, weit weg von dem schrecklichen Land Frankreich, für den Rest ihres Lebens Ruhe und Geborgenheit finden würde. All das hatte ich geglaubt, versprechen zu müssen, und sogar noch mehr hatte ich mir für mich selbst erhofft. Ich hatte mich danach gesehnt, alles, was ich wusste, meinem besten und weisesten Freund zu erzählen, um dadurch mein Herz auszuschütten und mein Gewissen zu erleichtern. Ich sah seiner Liebe als einer verlässlichen Führung und einer tröstlichen Stütze entgegen, und siehe da: er war für immer von mir gegangen! Ich war aus dem Zimmer geeilt, nachdem ich diese traurige Neuigkeit von dem Heidelberger erfahren hatte. Amante folgte mir bald darauf.

»Arme Madame!« sagte sie und tröstete mich, so gut sie konnte. Und dann berichtete sie mir nach und nach, was sie sonst noch in Bezug auf mein Zuhause erfahren hatte, über das sie fast ebenso viel wusste wie ich, da ich ihr sowohl in Les Rochers als auch auf dem öden, bedrückenden Weg, den wir hinter uns gebracht hatten, häufig davon erzählt hatte. Nachdem ich hinausgegangen war, hatte sie die Unterhaltung fortgeführt, indem sie sich nach meinem Bruder und seiner Frau erkundigt hatte. Natürlich lebten sie weiterhin in der Mühle, doch der Mann sagte (wie wahrheitsgemäß, weiß ich nicht, aber zu der Zeit glaubte ich fest daran), Babette habe ganz und gar die Oberhand über meinen Bruder gewonnen, der alles nur noch mit ihren Augen sehe und mit ihren Ohren höre – in letzter Zeit werde in Heidelberg viel darüber geredet, dass sie sich plötzlich mit einem vornehmen französischen Herrn angefreundet habe, der in der Mühle erschienen sei – ein angeheirateter Verwandter – genau genommen verheiratet mit der Schwester des Müllers, die sich dem Vernehmen nach abscheulich und undankbar verhalten habe. Das sei jedoch kein hinreichender Grund für Babettes übermäßige und plötzliche Vertraulichkeit mit ihm, welche sich darin äußere, dass sie den französischen Herrn überallhin begleite und ihm seit seiner Abreise (die nach Aussage des Heidelbergers eine Tatsache darstelle) fortwährend schreibe. Dennoch sehe ihr Ehemann in all dem anscheinend nichts Schlimmes, obwohl er ganz gewiss durch den Tod seines Vaters und die Nachricht von der Niedertracht seiner Schwester derart bedrückt sei, dass er den Kopf hängen lasse.

»Nun«, sagte Amante, »all das beweist, dass Monsieur de la Tourelle vermutete, dass Sie zu dem Nest zurückgehen würden, in dem Sie großgezogen wurden, und dass er dort war und feststellte, dass Sie noch nicht zurückgekehrt sind; aber wahrscheinlich stellt er sich immer noch vor, dass Sie das tun werden, und hat dementsprechend Ihre Schwägerin als eine Art Informantin verpflichtet. Madame haben gesagt, dass Ihre Schwägerin Ihnen nicht besonders wohlgesinnt ist; und die verleumderische Geschichte, die er vor unserer Ankunft verbreiten konnte, wird nicht dazu beitragen, dass Ihre Schwägerin größeres Wohlwollen für Sie empfindet. Zweifellos war der Mörder dabei, auf demselben Weg zurückzureiten, als wir ihm bei Forbach begegneten, und nachdem er von der armen deutschen Dame mit ihrer französischen Zofe und ihrem hübschen, blonden Äußeren gehört hatte, folgte er ihr. Wenn sich Madame immer noch von mir leiten lassen wollen – und, mein Kind, ich bitte Sie darum, mir weiterhin zu vertrauen«, sagte Amante, brach damit aus ihrer respektvollen Förmlichkeit aus und nahm eine Redeweise an, welche natürlicher war für Menschen, die gemeinsam durch Gefahren gegangen und ihnen entronnen waren – ebenfalls natürlicher für eine Sprecherin, die sich ihrer Macht zu beschützen bewusst war, welche die andere nicht besaß. »Wir werden nach Frankfurt weiterreisen und uns – zumindest eine Zeit lang – in der Menschenmenge verstecken, die sich durch eine große Stadt drängt;

und Sie haben mir gesagt, dass Frankfurt eine große Stadt ist. Wir werden weiterhin Mann und Frau sein; wir werden eine kleine Unterkunft mieten, und Sie werden sich um den Haushalt kümmern und drinnen bleiben. Ich, als die Robustere und Wachsamere, werde damit fortfahren, das Handwerk meines Vaters auszuüben, und mir Arbeit in den Schneidereien suchen.«

Ich konnte mir keinen besseren Plan ausdenken, also setzten wir diesen in die Tat um. In einem Frankfurter Hinterhof fanden wir in einem sechsten Stock zwei möblierte Zimmer, die zu vermieten waren. Das erste Zimmer, das wir betraten, hatte kein Tageslicht; eine trübe Lampe schaukelte beständig unter der Decke, und von dieser sowie durch die offene Tür, die zum dahinterliegenden Schlafzimmer führte, kam unser einziges Licht. Das Schlafzimmer wirkte freundlicher, war jedoch sehr klein. Und auch so überstieg die Wohnung beinahe schon unsere Mittel. Das Geld aus dem Verkauf meines Rings war fast aufgebraucht, und Amante war hier eine Ausländerin, sprach überdies nur Französisch, und die guten Deutschen hassten die Franzosen damals von ganzem Herzen. Jedoch kamen wir besser über die Runden, als wir gehofft hatten, und legten sogar etwas für die Zeit meiner Niederkunft beiseite. Ich setzte nie einen Fuß vor die Tür und bekam niemanden zu Gesicht, und da Amante kein Deutsch sprach, blieb sie relativ abgesondert von anderen.

Nach einiger Zeit kam mein Kind auf die Welt – mein armes Kind, das in einer schlimmeren Situation war, als wenn es keinen Vater gehabt hätte. Es war ein Mädchen, um das ich auch gebetet hatte. Ich hatte befürchtet, dass ein Junge etwas von der Tigernatur seines Vaters erben könnte, doch ein Mädchen schien ganz mein Eigen zu sein. Und dennoch nicht ganz mein Eigen, denn die Freude und der Jubel der treuen Amante über das Baby übertrafen meine beinahe – in ihrer Bekundung taten sie es jedenfalls.

Wir hatten uns nicht *mehr* leisten können als die Betreuung, die uns eine benachbarte Hebamme zukommen lassen konnte, und sie kam oft zu uns und brachte jedes Mal einen kleinen Vorrat an Klatsch und wundervollen Geschichten mit, den sie aus ihrer eigenen Erfahrung auswählte. Eines Tages fing sie an, mir von einer vornehmen Dame zu erzählen, in deren Diensten ihre Tochter als Küchenhilfe oder etwas Ähnliches gestanden hatte. Solch eine schöne Dame! Mit so einem gut aussehenden Ehemann! Aber der Kummer sucht den Palast ebenso heim wie die Dachkammer, und niemand wusste, warum und weshalb, aber irgendwie musste der Baron de Rœder die Rache der schrecklichen Chauffeurs auf sich gezogen haben; denn vor wenigen Monaten, als Madame ihre Verwandten im Elsass besuchen wollte, wurde sie erstochen, während sie in einem Hotel an der Landstraße im Bett lag. Ob ich es nicht in der »Gazette« gesehen hätte? Ob ich nicht davon gehört hätte? Nun, man habe ihr erzählt, dass bis ins weit entfernte Lyon Anschlagzettel aufgehängt worden seien, auf denen Baron de Rœder eine hohe Belohnung für Informationen über den Mörder seiner Frau aussetzte. Aber niemand konnte ihm helfen, denn alle, die als Zeugen hätten aussagen können, hatten unsägliche Angst vor den Chauffeurs; es gab Hunderte von ihnen, hatte man ihr gesagt, reiche und arme, vornehme Herrn und Bauern, alle aneinander gebunden durch ganz furchtbare Eide, die sie dazu verpflichteten, jeden, der gegen sie aussagte, aufzuspüren und umzubringen – sodass sogar jene, welche die Folter überlebten, der die Chauffeurs viele der von ihnen ausgeraubten Menschen unterzogen, es nicht wagten, sie wiederzuerkennen – es nicht wagen wollten, selbst wenn sie sie auf der Anklagebank eines Gerichts sahen; denn, wenn *einer* verurteilt wurde, waren da nicht Hunderte, die geschworen hatten, seinen Tod zu rächen?

Ich gab all das an Amante weiter, und wir begannen zu befürchten, dass, falls Monsieur de la Tourelle oder Lefebvre oder sonst jemand aus der Bande in Les Rochers diese Aushangzettel gesehen hätte, sie wissen würden, dass es sich bei der von Ersterem erstochenen armen Dame um die Baronin de Rœder handelte, und dass sie sich wieder aufmachen würden, um mich zu suchen.

Diese neue Angst schlug mir auf die Gesundheit und verzögerte meine Genesung. Wir hatten so wenig Geld, dass wir keinen Arzt herbeirufen konnten, zumindest keinen mit eigener Praxis. Doch Amante machte einen jungen Arzt ausfindig, für den sie sogar manchmal gearbeitet hatte; und nachdem sie ihm angeboten hatte, ihn mit Schneiderarbeiten zu bezahlen, brachte sie ihn zu mir, ihrer kranken Ehefrau. Er war sehr liebenswürdig und fürsorglich, obwohl er, wie wir, sehr arm war. Aber er schenkte meinem Fall viel Beachtung und Zeit und sagte einmal zu Amante, er sehe, dass meine Konstitution einen schweren Schock erlitten habe, von dem sich meine Nerven wahrscheinlich nie mehr völlig erholen würden. Bald werde ich den Namen dieses Arztes nennen, und dann wirst Du seinen Charakter besser kennen, als ich ihn beschreiben kann.

Mit der Zeit kam ich wieder zu Kräften – zumindest vergleichsweise. Ich war dazu in der Lage, ein wenig im Haushalt zu arbeiten und mich und mein Baby am Mansardenfenster im Dach zu sonnen. Das war alles, was ich an frischer Luft zu schöpfen wagte. Beständig trug ich die Verkleidung, mit der ich ursprünglich aufgebrochen war; ebenso beständig hatte ich immer wieder die entstellende Farbe angewendet, die mein Haar und meine Haut veränderte. Doch durch den andauernden Zustand der Todesangst, in dem ich mich während der ganzen Monate nach meiner Flucht aus Les Rochers befunden hatte, war mir die Vorstellung verhasst, je wieder bei Tag draußen herumzulaufen, wo mich jeder Passant sehen und wiedererkennen konnte. Vergeblich argumentierte Amante – vergeblich drängte mich der Arzt. Obwohl ich mich in allen anderen Dingen fügte, blieb ich hierin unnachgiebig: ich setzte keinen Fuß vor die Tür. Eines Tages kam Amante von ihrer Arbeit heim und brachte viele Neuigkeiten mit – einige davon waren gut, andere gaben uns Anlass zur Sorge. Die gute Neuigkeit war: der Dienstherr, für den sie als Geselle arbeitete, hatte vor, sie zusammen mit einigen anderen zu einem vornehmen Haus auf der anderen Seite von Frankfurt zu schicken, wo private Theateraufführungen stattfinden sollten und zahlreiche neue Kleider sowie viele Änderungen an alten benötigt werden würden. Die verpflichteten Schneider sollten alle in diesem Haus bleiben, bis der Aufführungstag vorüber sein würde, da es ein Stück von der Stadt entfernt lag und niemand voraussagen konnte, wann ihre Arbeit beendet sein würde. Aber die Bezahlung sollte entsprechend hoch sein.

Die andere Sache, die sie zu sagen hatte, war folgende: sie war an jenem Tag dem fahrenden Juwelier begegnet, dem sie und ich meinen Ring verkauft hatten. Es war ein recht eigentümlicher Ring, den mir mein Mann geschenkt hatte; wir hatten zu dem Zeitpunkt das Gefühl gehabt, dass man uns dadurch vielleicht würde aufspüren können, aber wir hatten keinen Pfennig und waren am Verhungern – was hätten wir sonst tun können? Sie hatte gesehen, dass dieser Franzose sie im selben Moment erkannt hatte wie sie ihn, und sie dachte gleichzeitig, dass dabei auf seinem Gesicht mehr als nur der übliche Ausdruck des Erkennens aufleuchtete. Dieser Gedanke war dadurch bestätigt worden, dass er ihr auf der anderen Straßenseite ein Stück weit gefolgt war; aber sie konnte ihm entgehen, weil sie sich in der Stadt besser auskannte und es mit dem Anbruch der Nacht zunehmend dunkler wurde. Dennoch war es gut, dass sie sich am nächsten Tag so weit von unserer Wohnung entfernen sollte; und sie hatte mir einen

Vorrat an Lebensmitteln hereingebracht und mich darum gebeten, im Haus zu bleiben – als hätte sie über ihrer Furcht auf seltsame Weise vergessen, dass ich die Schwelle des Hauses nicht mehr überschritten hatte, seit ich es zum ersten Mal betreten hatte – dass ich mich kaum je die Treppe hinuntergewagt hatte. Doch obwohl meine arme, meine liebe, höchst loyale Amante an jenem letzten Abend wie eine Besessene war, sprach sie in einem fort von den Toten, was ein schlechtes Zeichen für die Lebenden darstellt. Sie gab Dir einen Kuss – ja! Das warst Du, mein Liebling, meine Tochter, die ich unter meinem Herzen vom fürchterlichen Schloss Deines Vaters weggetragen hatte – ich nenne ihn zum ersten Mal so; ich muss ihn noch einmal so nennen, bevor ich zu Ende erzählt habe – Amante gab Dir einen Kuss, süßes Baby, gesegnete, kleine Trösterin, als ob sie niemals aufhören könnte. Und dann ging sie fort – lebendig.

Zwei Tage, drei Tage gingen vorüber. An jenem dritten Abend saß ich hinter meiner verriegelten Tür – Du lagst schlafend neben mir auf Deinem Kissen – als Schritte die Treppe heraufkamen, und ich wusste mit Sicherheit, dass derjenige zu mir wollte, denn unsere Zimmer waren die obersten. Jemand klopfte; ich hielt den Atem an. Doch dann sprach er, und ich wusste, dass es der gute Doktor Voss war. Dann schlich ich zur Tür und gab Antwort.

»Sind Sie allein?« fragte ich.

»Ja«, sagte er mit noch leiserer Stimme. »Lassen Sie mich hinein.« Ich ließ ihn ein, und er war genauso wachsam wie ich dabei, die Tür mit beiden Riegeln zu sichern. Dann kam er zu mir und erzählte mir im Flüsterton seine traurige Geschichte. Er war von dem Krankenhaus im gegenüberliegenden Stadtteil gekommen, dem Krankenhaus, in dem er Dienst tat; er hätte früher bei mir sein sollen, aber er hatte befürchtet, man könnte ihn beobachten. Er war von Amantes Totenbett gekommen. Ihre Angst vor dem Juwelier war mehr als begründet gewesen. Sie hatte das Haus, in dem sie beschäftigt war, an jenem Morgen verlassen, um in der Stadt eine Besorgung im Zusammenhang mit ihrer Arbeit zu machen; sie musste auf ihrem Rückweg über einsame Waldwege verfolgt und gejagt worden sein, denn einige der Forstaufseher, die zu dem vornehmen Haus gehörten, hatten sie dort auf dem Boden liegend aufgefunden, mit tödlichen Messerstichen, aber nicht tot; wieder steckte der Dolch in der fatalen Schrift, doch dieses Mal war das Wort »un« unterstrichen, um zu zeigen, dass sich der Mörder seines vorhergehenden Fehlers bewusst war.

Numéro un. Ainsi les Chauffeurs se vengent.

Sie hatten sie zum Haus getragen und ihr ein Stärkungsmittel verabreicht, bis sie wieder dazu imstande war, mit schwacher Stimme zu sprechen. Doch, oh, meine treue, liebe Freundin und Schwester! Selbst dann erinnerte sie sich noch an mich und weigerte sich zu sagen (was niemand unter ihren Arbeitskollegen wusste), wo sie lebte oder mit wem. Der Lebensodem wich rasch von ihr, und sie konnten nichts anderes tun, als sie zum nächstgelegenen Krankenhaus zu tragen, wo natürlich aufgedeckt wurde, dass sie eine Frau war. Zum Glück – sowohl für sie als auch für mich – war der diensttuende Arzt eben jener Doktor Voss, den wir bereits kannten. Ihm enthüllte sie, während sie auf ihren Beichtvater wartete, genügend Informationen, damit er sich ein Bild von der Situation machen konnte, in der ich zurückblieb; noch ehe der Pfarrer die Hälfte ihrer Geschichte gehört hatte, war Amante tot.

Doktor Voss erzählte mir, er habe die verschiedensten Umwege gemacht und hierdurch bis spät in den Abend hinein gewartet, aus Angst, beobachtet und verfolgt zu werden. Aber ich glaube nicht, dass das jemand getan hatte. Wie ich später von ihm erfuhr, begann jedenfalls Baron de Rœder, als er hörte, wie sehr dieser Mord bis ins Detail dem seiner Frau glich, eine so umfassende Suche nach den Mördern, dass diese, obwohl sie nicht entdeckt wurden, fürs Erste die Flucht ergreifen mussten.

Ich kann Dir jetzt kaum wiedergeben, mit welchen Argumenten Dr. Voss, der anfangs nur mein Wohltäter war, indem er einen Teil seines kleinen Einkommens für mich erübrigte, mich schließlich dazu überredete, seine Frau zu werden. Er nannte mich seine Frau, und ich nannte mich so; denn wir ließen uns kirchlich trauen, was damals zu wenig Beachtung fand, und da wir beide evangelisch waren und Monsieur de la Tourelle vorgegeben hatte, ein Protestant zu sein, wäre es ein Leichtes gewesen, nach deutschem Recht eine – sowohl kirchliche als auch staatliche – Scheidung von Letzterem zu erlangen, wenn wir einen so furchteinflößenden Mann vor irgendein Gericht hätten laden können.

Der gute Doktor nahm mich und mein Kind heimlich zu seiner bescheidenen Behausung mit; und dort lebte ich in derselben tiefen Zurückgezogenheit, ohne je ganz das Tageslicht zu sehen, wenngleich mein Mann, nachdem die Farbe auf meinem Gesicht einmal verblasst war, nicht wollte, dass ich sie wieder auftrug. Es war nicht nötig: mein blondes Haar war grau, meine Haut aschfahl – kein Lebewesen hätte die junge Frau mit den rosigen Wangen und dem leuchtend blonden Haar wiedererkennen können, die ich achtzehn Monate vorher gewesen war. Die wenigen Menschen, die ich zu Gesicht bekam, kannten mich ausschließlich als Madame Voss, eine Witwe, die Dr. Voss in aller Stille geheiratet hatte und die viel älter war als er. Sie nannten mich die Graue Frau.

Er bestand darauf, dass ich Dir seinen Nachnamen gebe. Bis heute hast Du keinen anderen Vater gekannt – solange er am Leben war, hattest Du keinen Bedarf an der

Liebe eines Vaters. Einmal nur, noch ein einziges Mal überkam mich die alte Todesangst. Aus einem Grund, den ich vergessen habe, brach ich mit meiner festen Gewohnheit und ging in irgendeiner Absicht zum Fenster meines Zimmers, entweder, um es zu schließen, oder, um es zu öffnen. Als ich einen Augenblick auf die Straße hinuntersah, fesselte mich der Anblick von Monsieur de la Tourelle, vergnügt, jung, elegant wie eh und je, der auf der anderen Seite die Straße entlangging. Das Geräusch, das ich mit dem Fenster gemacht hatte, ließ ihn hochblicken; er sah mich, eine alte, graue Frau, und er erkannte mich nicht! Und doch war es keine drei Jahre her, seit sich unsere Wege getrennt hatten, und seine Augen waren so scharf und so sehr zu fürchten wie die eines Luchses.

Ich erzählte Monsieur Voss davon, als er heimkam, und er versuchte, mich aufzumuntern, aber der Schock, Monsieur de la Tourelle zu sehen, war zu schlimm für mich gewesen. Ich war daraufhin viele Monate krank.

Ein Mal noch sah ich ihn. Tot. Er und Lefebvre wurden letztendlich gefangen – bei einem ihrer Verbrechen von Baron de Rœder zur Strecke gebracht. Dr. Voss hatte von ihrer Ergreifung gehört – ihrer Verurteilung, ihrem Tod; aber er ließ kein Wort darüber fallen, bis er mich eines Tages darum bat, ihm durch meinen Gehorsam und mein Vertrauen zu zeigen, dass ich ihn liebte. Er nahm mich auf eine lange Reise in einer Kutsche mit – wohin, das weiß ich nicht, denn wir sprachen nie wieder von jenem Tag; ich wurde durch ein Gefängnis in einen umschlossenen Innenhof geführt, wo – schicklich in das letzte Gewand des Todes gehüllt, das die Spuren der Enthauptung verbarg – Monsieur de la Tourelle zusammen mit zwei oder drei anderen Männern lag, die ich in Les Rochers gekannt hatte.

Nachdem mich Dr. Voss derart überzeugt hatte, versuchte er, mich dazu zu überreden, zu einer natürlicheren

Lebensweise zurückzukehren und öfter nach draußen zu gehen. Aber obwohl ich seinem Wunsch zeitweise nachkam, hatte mich die alte Todesangst doch immer fest im Griff, und da er sah, welche Anstrengung es mich kostete, gab er es schließlich auf, mich zu drängen.

Alles Übrige ist Dir bekannt: wie wir beide bitterlich den Verlust dieses lieben Ehemanns und Vaters beweint haben – denn so werde ich ihn immer nennen – und als solchen musst Du ihn betrachten, mein Kind, nachdem diese eine Enthüllung vorüber ist.

Warum sie stattgefunden hat, fragst Du. Aus diesem Grund, mein Kind: der Mann, der Dich umwirbt und den Du nur als Monsieur Lebrun, einen französischen Künstler, kennst, nannte mir erst gestern seinen richtigen Namen, den er abgelegt hatte, weil ihn die blutrünstigen Republikaner als zu aristokratisch ansehen könnten. Er lautet Maurice de Poissy.

Nachwort

Waren Sie schon einmal in Heidelberg? Ich hatte das große Glück, unweit von Heidelberg im Neckartal aufzuwachsen, und ich habe einige Jahre in Heidelberg gelebt. Diese idyllische Stadt liegt am Rande des Odenwalds: der Neckar verlässt hier von Osten her das Mittelgebirge und fließt westwärts in die Rheinebene. Dementsprechend zwängen sich in manchen Ortsteilen die Häuser neben den Fluss oder haben sich ein begehrtes Fleckchen am Hang erkämpft, während sie in anderen Stadtteilen etwas gemächlicher, wenn auch dicht gedrängt, auf flachem Land stehen. Das berühmte Schloss – teils intakt, teils Ruine – ruht majestätisch am Königstuhl. Vom ausgedehnten Schlosspark aus hat der Besucher einen atemberaubenden Blick entlang des Neckars in Richtung der Rheinebene. Wer noch höher hinaus will, fährt mit der historischen Bergbahn ganz nach oben und genießt die Vogelperspektive, die ihm der Aussichtsturm bietet. Die Altstadt beherbergt eine große Zahl prächtiger, alter Gebäude, und an so manchem Haus ist zu lesen, welche illustre Persönlichkeit hier vor Jahrhunderten wohnte. Es gibt einige schöne Kirchen – die bekannteste ist die Heiliggeistkirche – sowie verschiedene Museen zu besichtigen. Die 1,6 Kilometer lange Fußgängerzone lädt zum Flanieren und Einkaufen ein, und natürlich sorgen gastronomische Betriebe aller Art für das leibliche Wohl. Falls Sie gerne wandern gehen und dem Massentourismus der Sommermonate ausweichen möchten, spricht einiges dafür, Heidelberg im Winter zu besuchen. Es gibt wunderschöne Wanderwege im gesamten Odenwald, der bei Schnee fast noch schöner ist als im Sommer. Wohl noch keinen Schnee, dafür aber einen zauberhaften Weihnachtsmarkt finden Sie im Dezember vor.

So oder so: ein Besuch lohnt sich immer!

Verzeichnis der Anmerkungen

1   *1841* (S. 9): Im Original steht lediglich »184–«. Da eine solche Auslassung heute unüblich ist und das Vorlesen erschwert, hat die Übersetzerin hier ein Jahr eingefügt, in dem Gaskell nachweislich in Heidelberg war.

2   *»Ku-cken«* (S. 10): Mit der falschen Schreibweise ahmt Gaskell wahrscheinlich die englische Aussprache nach, denn das Englische kennt keinen ch-Laut.

3   *Corbeille-de-mariage* (S. 32): französischer Ausdruck für die Hochzeitsgeschenke, die der Bräutigam seiner Braut nach der Unterzeichnung des Ehevertrags überreichte; besonders im 19. Jahrhundert eine wichtige Sitte in Frankreich.

4   *Chauffeurs* (S. 49): Sammelbegriff für Räuberbanden, die etwa ab der Französischen Revolution bis ins 20. Jahrhundert vor allem in Frankreich ihr Unwesen trieben; das französische Verb »chauffer« bedeutet »erhitzen« und bezieht sich auf ihre charakteristische Foltermethode (Erklärung folgt im Text).

5   *Sieur* (S. 49): diese französische Anrede bezeichnete einen Lehnsherrn.

6   *»Courage!«* (S. 68): französisch für »Nur Mut!«.

7   *Salle-à-manger* (S. 73): französisch für Speisesaal.

8   *Coupé* (S. 73): hier: separates Postkutschenabteil für zwei Personen.

9   *»Numéro un. Ainsi les Chauffeurs se vengent.«* (S. 77): französisch für »Nummer eins. So rächen sich die Chauffeurs.«